Michael Schönberg

Gefahr

am

„Grünen See"

Gefahr am „Grünen See"

1. Auflage 2021

Alle Rechte vorbehalten
Michael Schönberg
Juni 2021
Autor: Michael Schönberg
Covergestaltung: Wine van Velzen
ISBN:978-3754-3089-50
Herstellung und Verlag: BoD – Books on Demand, Norderstedt

E-Mail: mschg55@gmail.com

Dieses Buch ist ein Roman.
Alle Personen und Handlungen
sind frei erfunden.
Ähnlichkeiten mit Personen, Ereignissen,
Ortschaften usw. sind nicht beabsichtigt
oder gewollt.
Michael Schönberg

Gefahr am „Grünen See"

Das ältere Ehepaar hatte es sich auf der kleinen Terrasse am „Grünen See" gemütlich gemacht. Am Kiosk an der Aussichtsplattform am See hatte Herbert für seine Frau Michaela ein Glas Wein und für sich eine schöne kalte Flasche Bier geholt. Trotz des bestehenden Lockdowns in NRW und daher in Ratingen, wo die beiden wohnten, hatte der Kiosk geöffnet. Selbstbedienung war hier schon immer üblich. Da die Frau im Kiosk die beiden kannte, war das mit dem Pfand für die Gläser kein Thema.

Mit Blick auf das Wasser des Sees ließen es sich die beiden Rentner gut gehen. Ein Ausflug ins „Grüne", wenn auch nicht so weit. Beide waren modisch gekleidet und so dem Ausflug einen Hauch von etwas Besonderem gegeben. Die Stelle war bekannt und deshalb gut besucht, und man fand immer einen Platz, an dem man sich niederlassen konnte. An der kleinen Terrasse gab es aufgrund der Pandemie-Vorschriften zurzeit keine Stühle und auch keine Tische. Die beiden hatten sich kurzerhand zwei Klappstühle und einen kleinen runden Tisch selbst mitgebracht. Das machten einige andere auch, oder sie setzen sich mit einer Decke auf den Rasen. Es kam vor, dass man ein Stück des Weges weitergehen musste, um sein Getränk auf einer unbesetzten Bank zu trinken.

Einmal in der Woche riss es die beiden von der Couch hoch und es ging mit dem Auto an den ca. drei Kilometer entfernten „Grünen See." Ein kleines Erholungsgebiet am Rande der Stadt Ratingen, das aus einer Kiesgrube entstanden war. Mit Liebe zur Natur und Investitionen der kleinen aber feinen Stadt wurde es zu einer Oase der Ruhe. Als Herbert von der Volkardeyerstraße auf den Parkplatz fuhr, war der nicht so voll und das bedeutete, dass auch nicht allzu viele Besucher am See sein würden. Natürlich konnte man nicht einschätzen, wie viele ohne Auto dem See einen Besuch abstatteten. Michaelas und Herberts Meinung erwies sich als richtig, wie sie kurze Zeit später feststellen konnten. Es gab Platz auf der kleinen Terrasse, von der man eine wunderbare Aussicht auf den See hat. Dort stellten sie den mitgebrachten Campingtisch und die Stühle auf. Nahe an der Stadt hatte dieses Erholungsgebiet viele Freunde gefunden. Der Blick auf den See und die anliegenden Grünflächen war für die beiden Entspannung pur.

Im Sommer konnte man hier kleine Ruderboote mieten oder einen Tauchkursus bei einem ansässigen Tauchverein belegen. Mit einem städtischen Angelschein durfte an einem Anglersteg auch geangelt werden. Für Fremde war dies untersagt. Baden war in dem idyllischen See allerdings verboten. Zu viele Unterwasserströmungen, die einen Menschen hinunterziehen könnten, und die unterschiedlichen Wassertemperaturen machten das Baden im See zu gefährlich. Wie in allen Seen, hielten sich die Menschen nicht immer daran und es gab deshalb auch jedes Jahr Tote zu beklagen.

Herbert hielt die Nase und auch sein kleines Bäuchlein in die Frühlingssonne, während Michaela das Treiben auf dem Wasser beobachtete. Sie schaute auf die Enten und sah ihnen zu, wie sie ab und kurz darauf wieder auftauchten. Was wegen ihrer Art, es waren Tauchenten, nicht ganz ungewöhnlich war. Die schönen, eleganten Schwäne glitten über den See und gaben dem Ganzen ein besonderes Flair. Beim wiederholten Tauchgang einer Ente schien es so, als käme die nicht wieder hoch. Unruhig, nicht wissend warum, schaute Michaela auf die Wasseroberfläche. Doch nichts geschah. Die Ente blieb verschwunden. Sie suchte mit den Augen den See ab, aber sie konnte nicht feststellen, dass die Ente wieder aufgetaucht war. Nur kurze Zeit später tauchte wieder eine Ente ab. Jetzt wollte es Michaela genau wissen und ließ die Stelle nicht aus dem Blick, auch deshalb, weil der Untergang sehr merkwürdig aussah, so erschien es ihr zumindest. Normalerweise tauchen die Enten ab, indem sie kopfüber eintauchen, und verschwanden nicht einfach so von der Oberfläche, als seien sie hinuntergezogen worden. Auch diese Ente tauchte nicht ab, sie ging unter wie ein Stein. Michaela schaute auf die Uhr und auch nach fünf langen Minuten, blieb die Ente verschwunden. Daraufhin sprach sie ihren Mann an.

„Sag mal, Herbert, wie lange können Enten tauchen?"

Herbert öffnete die Augen und schaute zu seiner Frau hinüber.

„Das ist unterschiedlich. Normale Enten so ein bis zwei Minuten. Die Enten dort mit dem roten Kopf und den weißen Federn können bis zu fünf Minuten unter Wasser bleiben. Warum fragst du?"

„Ach, ich denke, etwas stimmt nicht. Eine Ente ist abgetaucht und kam nicht wieder hoch. Danach tauchte eine weitere Ente ab, allerdings recht merkwürdig. So, als würde sie hinuntergezogen", und Michaela machte eine nach unten gerichtete Handbewegung.

Herbert schaute auf das Wasser, sah aber nichts Merkwürdiges. Ein paar Enten schwammen dort, wo Michaela die Tauchenten beobachtet hatte. Nach einiger Zeit des Sichtens, in der nichts passierte, schien die Sache erledigt. Antworten gab es ja keine.

„Enten tauchen und schwimmen unter Wasser lange Strecken. Wahrscheinlich sind die an einer anderen Stelle wieder aufgetaucht."

Michaela gab sich mit dieser Antwort zufrieden und schaute wieder zum See.

Herbert stand auf und wollte am Kiosk neue Getränke holen, als er sah, wie etwas hinter einer Ente auftauchte und blitzschnell wieder verschwand. Von der Ente war auch nichts mehr zu sehen. Weil Michaela damit beschäftigt war, Herbert das leere Weinglas zu reichen, hatte sie das nicht mitbekommen.

„Da, da war was. Die Ente wurde unter Wasser gezogen, oder so", rief Herbert.

„Ja, ich sag ja, da stimmt etwas nicht", sah Michaela ihre Beobachtungen nun bestätigt. Wieder beobachten sie den See und wieder sahen sie nichts, außer den leichten Wellen, die sich auf dem Wasser bewegten.

Die anderen Anwesenden sahen zu Michaela herüber und verstanden nicht, was los war.

„Da, die Enten tauchen und kommen nicht mehr hoch", erklärte Michaela, doch die Leute sahen sie an, als wollten sie ihr sagen: *Ja, das sind Tauchenten und die tauchen. Oh Wunder!*

Schnell merkte Michaela, dass es wohl besser wäre, den Mund zu halten. Herbert hatte sich bewusst zurückgehalten. Der Durst trieb ihn dann doch zum Kiosk, obwohl er den Blick nicht von der Wasseroberfläche lassen wollte. Als ob Michaela seine Ambitionen erriet, sagte sie: „Geh ruhig, ich passe auf und rufe dich dann, sollte etwas Merkwürdiges passieren."

Ihr Ehemann fühlte sich ertappt. Eigentlich ein eher nicht so neugieriger Mensch, doch nun wollte er einen weiteren eigenartigen Untergang einer Ente nicht verpassen.

Mehr als eine Stunde blieben die beiden noch am See, ohne einen weiteren Zwischenfall zu beobachten. Mit einem leicht beunruhigenden Gefühl packten sie ihre Sachen zusammen und fuhren nach Hause.

„Wem können wir unsere Beobachtungen melden?", fragte Michaela ihren Herbert auf der

Fahrt. „Das weiß ich nicht", sagte er. Und nach einer Denkpause: „Außerdem, was wollen wir berichten? Komisches Tauchen einer Tauchente? Wir haben doch nicht wirklich was gesehen, oder?"

Obwohl Michaela mit dieser Antwort und der Meinung von Herbert nicht einverstanden war, sagte sie nichts mehr dazu. So schwiegen beide zu den Ereignissen.

Das sollte aber nicht so bleiben.

Die Zählung Anfang Dezember 2019 hatte einen gesunden Bestand an Tieren ergeben, die sich auf dem Gelände der Erholungsstätte befanden. Deren Vielfalt an verschiedenen Enten, Schwänen, Gänsen und Raben zeugte von einer gesunden Fauna. Auch wenn einigen Besuchern besonders die Hinterlassenschaften der Gänse auf den Liegewiesen ein Dorn im Auge waren, konnte die Stadt mit dem Tierbestand zufrieden sein. Die turnusmäßige Zählung Ende März 2020 wies einen geringeren Bestand auf. Einen gewissen Verlust an Tieren über die Winterzeit gab es immer. Einige überlebten die kalte Jahreszeit nicht oder suchten sich wärmere Stellen und kamen dann nicht zurück. Die Dürre hatte sicherlich auch einen Anteil daran, obwohl die

Wiesen rund um den See nicht so sehr betroffen waren und den Tieren genug Nahrung lieferten.

Dem Angestellten der Stadt Ratingen kam der Bestand der Tiere bei der diesjährigen Zählung jedoch besonders wenig vor. Er erinnerte sich an einen Wilderer vor drei Jahren, der es besonders auf die Gänse abgesehen hatte, die den Winter hier verbrachten. Damals waren die Tierbestände fast täglich gesunken. Sollte sich das jetzt wiederholen?

Vorsichtshalber meldete er den tatsächlichen Tierbestand seinem Vorgesetzten beim Ordnungsdienst, wissend, dass er dadurch Mehrarbeit zu erwarten hatte. Und so kam es dann auch.

Für den nächsten Monat ordnete der zuständige Beamte eine erneute Zählung an, um festzustellen, ob sich der Bestand weiter verringere.

Das Ergebnis der erneuten Zählung bestätigte die Sorge, dass es wahrscheinlich wieder einen Wilderer gab, der sich mit den Tieren die Speisekammer auffüllte. Dass diesmal auch Schwäne verschwanden, war allerdings mehr als ungewöhnlich. Schwäne sind nicht wirklich eine Delikatesse. Außerdem ist deren Zubereitung recht aufwendig. Ihr Fleisch schmeckt tranig und ist außerdem zäh, was mit ihrer Ernährung zusammenhängt. Der Schwan selbst ernährt sich von Bodenalgen, die modrig und leicht verdorben sind. Alles in allem, kein wirkliches Tier zum Jagen.

Die regionale Zeitung wurde von der Stadt gebeten, einen Bericht über das Verschwinden der Vögel zu bringen. Des Weiteren wurde die Bevölkerung aufgerufen, eventuelle Beobachtungen oder dienliche Hinweise der örtlichen Polizei zu melden. Die Stadt selbst ordnete verstärkte Aufsicht an, die auch mit Kontrollgängen in der Nacht ausgeweitet wurde. Bei der letzten Jagd fassten sie zwei Männer, die mit der Beute ihre Feste in einer nahe gelegenen Kleingartenanlage aufpeppen und den Grill mit den Tieren bestücken wollten. Nach einer Ordnungsstrafe beteuerten die reuigen Sünder, die Tiere zukünftig beim Discounter zu kaufen.

Den Mitarbeitern vom Ordnungsamt war sofort klar, was der neue Fall für sie bedeutete: Nachtschicht am See. Regelmäßig, unregelmäßig nach dem Rechten schauen und auch schon mal Stellung beziehen. Warten auf das, was da kommt oder nicht. Mehrarbeit für alle.

Unterstützung bekamen sie von der Polizei, die mit einem Kradfahrer immer wieder mal eine Runde um den See machte.

Der Lock down wegen der Pandemie im März 2020 traf Sascha wie ein Hammer.

Er arbeitete als Koch in einem Restaurant in Ratingen am Markt. Schon an seinem kleinen Bäuchlein war dies zu erkennen. Gelegentlich gönnte er sich in Arbeitskleidung ein Bier an dem Stehtisch vor dem Lokal. Eine Raucherpause, die ihm gegönnt war, denn das Lokal war stets gut besucht und entsprechend hatten er und das Küchenpersonal zu tun.

Viele kannten den freundlichen Mann, da er auch gelegentlich selbst das Essen servierte. Wenn eine Gesellschaft ihr Buffet genoss, dann war er der Mann mit dem großen Messer am Braten.

Da er mit seinen 1,70 m nicht gerade groß ist, fiel der Bauch natürlich besonders auf. Seine zugeknöpfte Kochjacke war stets gespannt und man wartete darauf, dass die Knöpfe das Weite suchten.

Elvira, Saschas` Ehefrau arbeitete in einer Bank, nicht weit von seiner Arbeitsstelle, deshalb kam es öfter vor, dass sie die Mittagspause gemeinsam verbrachten. Wenn die beiden zusammenstanden, konnte man nicht glauben, dass diese zwei Personen zusammengehörten. Elvira war als Bankangestellte stets elegant gekleidet, Sascha liebte es eher leger. Sah man jedoch, wie die beiden miteinander umgingen, so war jedem klar, das war Liebe pur. Eigentlich nicht verwunderlich, geht die Liebe nicht auch durch den Magen? Und kochen konnte Sascha.

Mit dem in Kraft tretenden Lock down musste auch das Lokal, in dem er arbeitete, schließen. Sascha und alle seine Kollegen und Kolleginnen wurden in Kurzarbeit geschickt. Finanziell traf ihn das zwar hart, weil er aber mit einer Frau verheiratet war, die als Ressortleiterin in der Bank arbeitete, machte er sich keine zu großen finanziellen Sorgen. Einschnitte würde es aber geben, das war ihm und seiner Elvira sofort klar.

Wirkliche Sorgen machte er sich über seine Tiere im Haus. Genauer gesagt, seine Tiere im Keller. Sascha hatte sich im Laufe der Jahre einen beachtlichen Tierbestand an Exoten angeschafft. Von den Kosten her bis jetzt kein Problem. Die Anschaffungen waren nicht teuer, weil er die Tiere sehr jung und unter der Hand erworben hatte. Einige der Tiere unterlagen dem Exoten-

Schutzprogramm oder waren vom Aussterben bedroht. Er beruhigte sein Gewissen damit, dass diese Tiere alle aus privaten Nachzüchtungen stammten und deshalb dem Fortbestand in der freien Natur nicht schaden würden. Jedenfalls versicherte ihm dies jeder der Verkäufer, von denen er die Tiere erstanden hatte. Rechnungen gab es weder beim Kauf noch beim Verkauf, genauso wenig erfuhr man Namen und Adressen. Über ein besonderes Internetportal erstand man die Tiere, per Express gingen die gut verpackten, meist betäubten Tiere, an eine Packstation und das Bargeld meist per Brief an ein Postfach. Oder über ein Schließfach am HBF. Der Käufer hinterlegte in einem Schließfach das Geld und teilte dem Verkäufer den Code mit, womit man das Schließfach wieder öffnen konnte. Dann kam die Ware hinein und man hatte das Tier, welches man sich ausgesucht hatte.

Das Futter der Tiere war das Teuerste an seinem Hobby. Dadurch, dass er in einem größeren Restaurant arbeitete, nahm er die anfallenden Abfälle mit. Salate, Fleisch, Geflügel, Pasta und vieles mehr packte er in seine Futterboxen und konnte so seinen Tieren einen reichlich gedeckten Tisch anbieten.

Der Chef hatte nichts dagegen, so brauchte er die Mülltonnen nicht zu füllen und in seinen Augen war es auch noch eine gute Tat. Sascha hatte dem Chef erzählt, dass er Schildkröten und Leguane in seinem Keller hatte. Bewusst verschwieg er einige seiner anderen Exoten.

Womit er jetzt die Tiere füttern sollte, das wusste er nicht. Sicherlich, eine Zeit lang könnte er das stemmen. Das Fleisch beim Discounter wäre zwar billig, aber die Mengen würden schon ins Geld gehen. Doch mit dem Fleisch war es ja nicht getan. Eier, Salate und so vieles mehr, sprengten dann sein monatliches Budget, was er für die Tiere ausgeben durfte, konnte.

Am Abend sprach er mit seiner Frau Elvira über die Finanzen und dass wegen der Lokalschließung sein Lohn schrumpfen würde. Natürlich sagte sie ihm zu, dass er von ihr unterstützt würde, seinem Hobby auch weiter frönen zu können. Auf lange Sicht wäre das aber nicht möglich, da die Rate für das Haus eine Menge Geld verschlang und das nun mal vorrangig wäre. Vor allem aber wäre sie froh, wenn die Tiere verschwinden würden, was sie jedoch vor ihrem Mann verschwieg.

Wie gerne würde sie den Keller anderwärtig nutzen. Doch durch seine Lieblinge hatte er die untere Etage fast nur für sich, genauer gesagt für seine Tiere in Beschlag.

Elvira und er hatten das letzte Haus einer Häuserreihe in Ratingen West, direkt am „Grünen See", gekauft und dadurch einen Garten, der das Haus an drei Seiten umgab.
Sascha hatte im Keller einen ganzen Raum umgebaut, damit seine Lieblinge Kroko und Kroki etwas Auslauf hatten. Die beiden waren zwei Krokodile, die sich von kleinen, niedlichen 15 cm langen Streicheltieren in der Zwischenzeit zu prachtvollen 1,50 m großen Geschöpfe entwickelt hatten. Ihr Hunger war entsprechend groß und auch ihre Größe bereitete ihm immer mehr Sorgen. Die Tiere würden zwar nur bis zu einer Länge von 2 m wachsen und deshalb recht klein sein, jedoch für einen Keller mehr als groß. Eigentlich gehörten Kroko und Kroki zu der Gattung Alligatoren und der Unterordnung Kaimane an. Doch das war für Sascha unwichtig, er hatte sich diese Sorte ausgesucht, weil sie ihm als Haustiere geeigneter erschienen als andere Arten. Ihre wirkliche Größe, die die Tiere erreichen können, hatte er sich damals nicht vorgestellt. Gegenüber diesen Alligatoren wirkten die Leguane wie kleine Echsen, obwohl diese mit 50 cm gleichfalls eine stattliche Größe aufwiesen.

Sascha verbrachte viele Stunden mit seinen Tieren. Stunden, die er nicht mit seiner Frau verbrachte. Am Anfang waren es nur Schlangen und Spinnen, die sich in seinem Keller tummelten. Die beiden Leguane hatte er von einem „Freund" bekommen. Danach über den Schwarzmarkt die beiden kleinen Alligatoren. Der Bestand wuchs von Jahr zu Jahr. Hier noch eine Natter, außerdem eine Viper, kleine Schildkröten und, als Belustigung im Keller, kleine Geckos. Ihnen hatte Sascha fast den gesamten Keller zur Verfügung gestellt, was Elvira dazu veranlasste, den Keller gar nicht mehr aufzusuchen. Waschmaschine und Trockner haben so ihren Platz im Badezimmer in der oberen Etage gefunden. Obwohl ihr Mann eine gute Abluftanlage eingebaut hatte, waren die Gerüche aus dem Keller oft im Haus zu riechen.

Ja, es wäre schön, wenn das aufhören würde, dachte sich Elvira, doch das sagte sie ihrem Mann besser nicht. Sie hatte das Gefühl, die Tiere wären ihm wichtiger als sie. Darauf ankommen, ließ sie es aber nie.

Am letzten Arbeitstag gab der Wirt vom Restaurant am Marktplatz Sascha noch eine Menge Lebensmittel mit, welche nicht mehr lange haltbar waren, oder nicht eingefroren werden konnte. Allerdings wollten auch andere vom „Ausverkauf" profitieren.

Was kann ich tun?, fragte er sich, als er die Tiere an diesem Abend mehr als großzügig fütterte. Fast könnte man denken, er gäbe ihnen die Henkersmahlzeit.

Nach der Fütterung setzte er sich im Keller in den Fernsehsessel und sah sich sein ganz besonderes Programm an. Das Tierprogramm, genauer gesagt ein Exotenprogramm. Seine Tiere, wie sie in Ruhe das Futter genossen. Diese Beobachtungen waren, für ihn immer schon eine Ablenkung, brachten ihn weit weg von Sorgen durch Beruf und Schulden, gelegentlich von Problemen mit seiner Frau, die immer aufkamen, wenn es um die Familienplanung ging.

Im Gegensatz zu seinen Tieren wollte es mit dem Nachwuchs von Sascha und Elvira nicht klappen. Unfreiwillig hatten sie den Wunsch auf Kinder ad acta gelegt. Beide hatten nun die 40 Jahre überschritten und wollten für ihre Kinder nicht als Oma und Opa auftreten. Die beiden hatten sämtliche Möglichkeiten, eine Schwangerschaft hervorzurufen, schon ausgenutzt. Ohne Erfolg. Am Ende waren Mönchspfeffer, Frauenmantel, Akupunktur und weitere homöopathische Mittel angewendet worden, aber auch diese ohne Erfolg.

Ganz anders bei seinen Tieren. Wenn Sascha jedes Schlangenei hätte ausbrüten lassen, wäre sein Kellerraum schon lange zu klein. Dies wäre auch durch die Leguane geschehen. Einzig seine Glasstirnkaimane hatten noch keine Eier gelegt. Sie waren jetzt ca. acht Jahre alt und damit geschlechtsreif, doch an Nachwuchs wurde wohl noch nicht gedacht. Das war auch gut so, dachte Sascha beim Betrachten seiner Freunde. Freunde? Beim Füttern seiner „Schnapper" passte er sehr gut auf seine Hände auf. Auch wenn sie nicht den Eindruck machten, so waren sie immer blitzschnell beim Zufassen. Kroko und Kroki sahen sich zum Verwechseln ähnlich. Sie stammten ja aus einem Gelege und waren bei ihrer Ankunft im Haus von Sascha klein und niedlich. Die kleinen Zähnchen waren aber schon da in der Lage, kräftig zuzubeißen, und es war nicht ratsam, ihre Beißkraft an den eigenen Fingern auszuprobieren.

Der „Alligatorenpapa" hatte sie aufgezogen, wie eine Mutter ihre Zwillinge. Er konnte die beiden auch auseinanderhalten, für den Laien war das allerdings kaum auszumachen. Die Schnauze von Kroki war ein wenig schmaler und auch kürzer als bei Kroko. Männlein oder Weiblein? Penis und Scheide gab es, lagen aber im Verborgenen. Die beiden danach zu unterscheiden wäre nur in einem Narkosezustand möglich gewesen, da die Geschlechtsteile durch die Unterhaut verdeckt wurden und nur mit einem Zeigefinger hervorzuholen oder zu öffnen wären. Das wäre bei einem wachen Tier wohl kaum möglich. Da Sascha es vermied, Bekannte oder gar Fremde von den beiden zu erzählen oder sie sogar zu zeigen, waren diese Überlegungen unnütz. Es waren seine Lieblinge, sein Keller und er hütete sie wie ein Kunstliebhaber seine geheimen Schätze.

Das sollte sich später mal auszahlen.

„Was mache ich mit den beiden?", fragte Sascha sich selbst und machte sich ernsthafte Sorgen wegen der Versorgung. Abgeben in gute Hände wäre eine Option. Bei seinen Terrarianerfreunden gab es aber keinen, der Krokodile züchtete oder sich damit befasste. Oft aus Platzmangel oder wegen der hohen Pflege- und Futterkosten. Die Suche in Vereinen, die sich der Terraristik widmeten, um für Kroko und Kroki eine geeignete Unterkunft zu finden, kam wegen der Illegalität seiner Tiere nicht infrage.

Krokodile können auch legal angeschafft werden, dafür benötigt man jedoch einen

Sachkundenachweis. Der ist nicht nur teuer, sondern beinhaltet auch einen Lehrgang im Umgang mit Exoten. Je nach Tierart auch den Nachweis, dass das Tier artgerecht gehalten werden kann. Das würde im Falle von Sascha bedeuten, dass er einen 30 qm großen Raum den Tieren zur Verfügung stellt, mit einem ausbruchsicheren Terrarium, einem großen Schwimmbecken und einer großen Wärmeecke. In etwa konnte er den Tieren das bieten, aber eben nur in etwa, und er hätte bestimmt keine Genehmigung für den Kauf bzw. die Aufzucht bekommen. Die notwendigen Papiere für den Erwerb der Tiere musste man natürlich vor dem Kauf der Tiere beantragen. Außerdem benötigte er dann ständig Nachweise über Ernährung, Klimatisierung, Beleuchtung und vieles mehr. Besonders der gültige Ernährungsplan für seine verschiedenen Tiere war mit der Verwertung der Essensreste vom Lokal nur schwer mit der Verordnung in Einklang zu bringen. Deshalb der illegale Kauf nicht nur der beiden kleinen Kaimane, sondern auch bei seinen Schlangen und weiteren Exoten.

Das Haus von Sascha und Elvira war nicht weit weg vom kleinen Erholungsgebiet „Grüner See" in Ratingen. Kurz nach der Erschließung des ehemaligen Kiesgrubengeländes im Jahr 1992 wurden die Einfamilienhäuser an der Ostseite des Parks gebaut. Elvira und Sascha konnten eines der Häuser erstehen, die zum einen größer waren als die weiter weg vom See gebauten Häuser. Die Gärten waren zum See ausgerichtet. Da es zwischen den Häusern und dem See keine Zufahrtsstraße zum Gelände gab, herrschte hier eine beschauliche Ruhe. Lediglich kleine Geburtstagsfeiern in den Nachbarhäusern störten die Ruhe. Doch dies kam relativ selten vor, da die meisten Anwohner schon das Rentenalter erreicht hatten. Eigentlich sollte Elviras Mutter mit ins Haus einziehen und so hatten sie nur deshalb ein Baugrundstück auf ihren Namen in der Seniorensiedlung erwerben können. Dass ihre Mutter kurz vor Fertigstellung des Hauses einem Schlaganfall erlag, war so nicht geplant. Mit ihrer Beteiligung an den Kosten hatten Elvira und Sascha fest gerechnet und kamen so etwas in Schieflage, was die Finanzierung anging.

Immer noch gedankenvoll, sah Sascha zu den Tieren und suchte nach Lösungen. Es stand eigentlich schon fest, dass er die Tiere abgeben müsste. Dieser Weg schien unumgänglich und Sascha wurde es schwer ums Herz. Nicht nur seine beiden Lieblinge waren mehr als nur seine

Tiere. Die beiden Leguane waren so zutraulich, wie man es nur selten bei dieser Gattung erlebte. Jupp und Juppeline konnte er von Hand füttern und auch streicheln. Einige der lustigen Geckos, die schon mal auf seinem Kopf eine Pause einlegten, hatte er gewissermaßen als Geckohebamme von der Eierschale befreit. Die Vogelspinne, mit dem Namen „Tekla", ein Name, den er von der Spinne aus der Kinderserie „Biene Maya" übernommen hatte, ließ sich ihr samtweiches Fell streicheln und war sehr zahm. Immer mehr bemerkte er, dass er nicht nur Besitzer, sondern auch Papa seiner Tiere war, und doch müsste dieser Schritt getan werden. Mit Tränen in den Augen ging er im Keller auf und ab.

„Wohin, wohin mit den Tieren?"

Eine Frage, die Sascha nicht beantworten konnte. Mit Wehmut ging er aus dem Keller, zog sich an und ging zum See. Oft kamen ihm hier gute, hilfreiche Gedanken, wann immer er sie benötigte, und im Moment waren diese mehr als nötig.

Elvira hatte mehr als nur Verständnis dafür, dass er allein sein wollte und ahnte, was sich im Kopf ihres Mannes und in seinem Herzen abspielte.

Langsam und bedächtig umrundete Sascha den See. Er sah verloren auf die Wasseroberfläche, als er sich auf eine der Bänke gesetzt hatte. Ruhig schwammen einige Enten auf dem See und verursachten kleine Wellen, die sich langsam dem Ufer näherten.

Plötzlich, wie aus dem Nichts, kamen ihm die Gedanken an eine „Unterbringung" einiger seiner Tiere hier am See. Dabei dachte er auch an Kroko und Kroki.

Im See würde es eine große Menge an Futter für die beiden Lieblinge geben. Der Tisch wäre für sie reichlich gedeckt. Verschiedene Entensorten, Gänse, Schwäne und Tauben. Unter Wasser wurden ihnen verschiedene leckere Fischsorten angeboten. Die heimischen Tiere kannten keine Krokodile und würden somit nicht wissen, welche Gefahr von ihnen ausgehen würde. Damit wäre ihre Ernährung nicht nur gesichert, sondern auch vielfältig. Einen Haken hatte die Unterbringung in der freien Natur dann aber doch.

Die beiden Tiere könnten im „Grünen See" nicht lange in Frieden leben, da sie dort bestimmt rasch entdeckt würden. Außerdem wäre das auch viel zu gefährlich für die Gegend. Viele Besucher, Schwimmer (auch wenn das Schwimmen verboten war) und Kinder, die am Wasserrand spielten. Hunde, die ins Wasser sprangen, um sich abzukühlen oder das Stöckchen zurückholten, das ihr Herrchen hineingeworfen hatte. Für Sascha war deshalb klar, dass er seine Lieblinge dort nicht aussetzen könnte.

„Schade, das wäre eine gute Lösung gewesen", dachte er und machte sich auf den Weg nach Hause. Dabei kam er an dem fast unsichtbaren Weg vorbei, der durch das Dickicht zum Nachbarsee, dem „Silbersee", führte. Kurz umgeschaut, ob andere Besucher des Sees in der Nähe waren und als dies nicht der Fall war, verschwand er im Gestrüpp, auf den Weg zum kleineren See, der nicht erschlossen war und zu dem sich kaum jemand verirrte.

Nur 600 m Luftlinie vom „Grünen See" entfernt, gab es diesen zweiten See. Ein Baggerloch, in dem jedoch schon lange nicht mehr gebaggert wurde. In früheren Jahren, kurz nachdem festgestanden hatte, dass der Kiesabbau sich nicht mehr rentierte, gab es in der Stadt einen Erschließungsantrag für das nun brachliegende Gelände. Da jedoch der vordere See, also das Areal, rund um den „Grünen See", als

Erholungsgebiet ausgebaut werden sollte, stellte man den Antrag für dieses Gelände Mitte der Neunzigerjahre zurück. Bis heute. Die Vegetation überließ man der Natur und der See geriet fast in Vergessenheit. Die wenigsten Menschen besuchen dieses Isotop. Kaum Gehwege, kein Zugang zum See und an den Ufern Schlick und Algen. Lediglich den einen oder anderen Angler trifft man hier an. Früher hatte Sascha selbst hier geangelt, um seine Ruhe zu finden. Abschalten, doch das brauchte er dann nicht mehr. Seine Ruhe, Zufriedenheit fand er bei seinen Lieblingen. Und Fisch bekam er bis letztens günstig über das Restaurant, da der Chef den Angestellten einiges zum Selbstkostenpreis überließ.

Je mehr Sascha am „verborgenen See" verweilte, umso mehr kam ihm der Gedanke, dass er einige seiner Exoten hier aussetzen könnte. Der Bestand an Enten und Gänsen war zwar nicht so üppig wie am „Grünen See", aber für die beiden Schnapper würde es reichen, sodass seine „kleinen" Lieblinge nicht am Hungertod sterben müssten. Also ein ideales Terrain und Sascha beschloss, dass er die beiden Alligatoren dort aussetzen würde.

Die Außentemperaturen gingen bestimmt nicht mehr unter null Grad und die Wassertemperatur war mit zehn Grad auch in Ordnung. Natürlich liebten es seine Krokis wärmer, doch wie heißt es immer, man kann nicht alles haben. Zu hohe Minustemperaturen waren in seiner Region nicht mehr zu erwarten und bestärkten Sascha in seinem Entschluss. Der Klimawandel kam ihm hier entgegen. Außerdem bauen sich Krokodile Unterschlüpfe, die sie mit Geäst und Blättern auslegen. Davon gab es auf dem ausgewählten Gelände genug.

Fast erleichtert, dass er eine machbare Lösung für die zukünftige Unterbringung einiger seiner Tiere, und nicht nur für die beiden Lieblinge, gefunden hatte, machte Sascha sich auf den Heimweg. Seiner Frau hatte er ja versprochen, dass er darüber nachdenkt, wie er seine Tiere entsorgt.

Alle Tiere? Nein, Elvira hatte ihm für Spinnen und die ungiftigen Schlangen eine neue Unterkunft zugesagt. Allerdings nicht im Keller, dafür könnte er ein nicht genutztes Kinder-zimmer haben, was jetzt als Bügelzimmer diente. Angst hatte sie noch nie vor diesen Tieren, außerdem wusste sie, dass Sascha gute, sichere Terrarien hatte. Trotz dieser Option war es ein schwerer, ein sehr schwerer Schritt, den er seiner Frau versprechen musste. Da war sie ja doch, die nicht zu stellende Frage: die Tiere oder sie.

Auch wenn es nicht ausgesprochen wurde, eine Entscheidung musste getroffen werden.

Nur Spinnen und Schlangen waren dem Terrarianer allerdings zu wenig. Dann lieber gar keine Tiere, hatte er für sich schweren Herzens beschlossen. Da käme er sich wie ein Vogelzüchter vor, der eine große Voliere besitzt, aber nur zwei Wellensittiche darin betreute.

Zu Hause angekommen, stand sein Entschluss fest, alle Exoten zu entsorgen und die, für die es möglich war, der Natur am „Silbersee" zu überlassen. Sicherlich würden es einige der Schlangen, Schildkröten und Spinnen sogar begrüßen, endlich frei zu sein. Sascha redete sich immer mehr ein, ihnen etwas Gutes zu tun, anstelle sie im Stich zu lassen.

Hatte Sascha einen Plan, und den hatte er jetzt, dann wurde der auch umgesetzt. Seiner Frau teilte er lediglich mit, dass er dafür sorgen würde, dass seine Lieblinge ein neues zu Hause bekommen. Sie nahm ihn in den Arm, küsste ihn und drückte ihn von Herzen, wohl wissend, dass er das ungern umsetzen wird.

Später wird sie sich Vorwürfe machen, ihn nicht nach seinem *wie* gefragt zu haben.

Als Erstes entsorgte er seine Spinnen und die ungiftigen Schlangen, die auch in unserer Natur zu finden sind. Tiere, die in den Terrarien zusammen waren, steckte er auch zusammen in die Leinenbeutel, die er sich besorgt hatte. Mit dem Fahrrad fuhr er an einem frühen Morgen von zu Hause zum „Silbersee"; der neuen Unterkunft seiner Freunde.
Keine 15 Minuten und er hatte den südlichen Teil des Sees erreicht. Von ihrem Haus am Ende der Straße „Am Seeufer" konnte er mit dem Fahrrad über einen Spazierweg direkt an den „Grünen See" in Ratingen fahren. Von dort gab es einen Schleichweg zum „Silbersee". Dafür musste er allerdings um den halben „Grünen See" fahren. Dort gab es die Abzweigung, die zu seinem zukünftigen „Schlangen- und Spinnengebiet" führte. Mit dem Fahrrad ging es nur ein kleines Stück weiter, dann war das Gestrüpp zu dicht. Er schulterte die Beutel und machte sich zu Fuß weiter, seine Freunde der Natur zu überlassen. An einer aus seiner Sicht guten Stelle nahm einen Leinenbeutel und schüttelte den Inhalt in das Dickicht. Die ersten Nattern machten sich sogleich auf den Weg, um zu verschwinden.

Sascha ging ein Stück weiter und leerte den nächsten Beutel. Diese Prozedur wiederholte er so lange, bis er alle verschiedenen Schlangenarten in die Natur entlassen hatte. Die Spinnen führte er in einer einzigen Entleerung zurück in die Freiheit. Mit gemischten Gefühlen ging er zurück zu seinem Fahrrad. Die „harmlosen Tiere" waren nun „entsorgt".

Tekla und seine, ansonsten namenlosen, giftigen Schlangen konnte und wollte er nicht so einfach aussetzen. Dafür hatte er sich das Tierheim in Rath ausgesucht. Die Spinnen und harmlosen Schlangen hatte er entsorgt, das ginge mit der nächsten Fuhre nicht, wollte er bei der Aktion ebenfalls anonym bleiben. Bei der „Naturaktion" blieb er bewusst noch eine Weile am See, um das Aussetzen der Exoten nicht allzu schnell und somit als glaubwürdiger vor seiner Frau dastehen zu lassen.

Seiner Frau hatte er beim Abendessen nur kurz mitgeteilt, dass er die Tiere unter seinen Terrarianerfreunden verteilt hatte, die in der Nähe wohnten. Obwohl Elvira ihm das nicht ganz abnahm, war sie froh, dass die ersten Tiere aus dem Haus verschwunden waren. Mit einer Arbeitskollegin, ebenfalls Hausbesitzerin, hatte sie kurz nach der Entscheidung, dass die Tiere abgegeben werden, den Keller im Kopf schon in einen Wellnessbereich umgebaut. Ohne der Kollegin zu erzählen, warum der untere Bereich des Hauses frei wurde und zum Umbau anstand, bekam sie gute Tipps. Hatte die Kollegin doch erst vor Kurzem bei sich auch einen Wohlfühlbereich eingerichtet. Muss ja nicht gleich sein, dass das Untergeschoss in neuem Licht erstrahlt, doch sie war sich sicher, ihren Mann von dieser Umbaumaßnahme überzeugen zu können. Bis es so weit war, beabsichtigte sie sich wegen der Tiere heraushalten und nicht wirklich wissen, wo er seine Tiere los geworden war.

Nicht ahnend, dass sie sehr bald wissen würde, zu welchem „guten Freund" er die Tiere gebracht hatte.

Mit gemischten Gefühlen baute Sascha die ersten Terrarien auseinander. Die umherspringenden Geckos wurden eingefangen, was sich schwieriger gestaltete als gedacht. Erst mit leckeren Heuschrecken schaffte es Sascha, sie alle einzufangen. Leider kam einer der kleinen Geckos bei der Flucht vor Sascha Kroko zu nahe. Der verzichtete nicht auf das Häppchen und schnappte zu.

„Ich bin noch mal unterwegs, wegen der Tiere. Lego nimmt die Kreuzottern und die Vipern", sagte Sascha kurz nach dem Abendbrot. Elvira nahm es zur Kenntnis, ohne allerdings darauf zu reagieren.

Was ich nicht weiß, macht mich nicht heiß, war wieder ihre Art damit umzugehen. Den Namen Lego hatte sie mal in Zusammenhang mit Tierzüchtungen gehört, wer das aber genau war, entzog sich ihrer Kenntnis.

Diesmal hatte Sascha die Schlangen nicht nur in Leinensäcke gepackt, sondern auch in eine alte Transportkiste. An jedem Beutel hatte er einen Zettel befestigt, mit der Aufschrift, was sich denn da in dem Beutel befindet. Schließlich beabsichtigte er niemanden umzubringen und das könnte bei den beiden giftigen Schlangen-arten schnell geschehen, zumal die normalen Tierheime nicht immer ein Gegenmittel bei Schlangenbissen vorrätig haben. In den letzten Beutel packte er die Geckos. Auch diese umher-springenden Geschöpfe wird er vermissen. Die Leinenbeutel, die er in einem Baumarkt erstanden und bar bezahlt hatte, verstaute er in der Transportkiste. Sascha wollte vermeiden, dass man ihm auf die Schliche kam, indem er die „Entsorgungsmaterialien" nicht mit EC-Karte einkaufte. Sascha wusste sehr wohl, dass er nicht nach Recht handelte.

Er stellte die Kiste in seinen kleinen Fahrradanhänger. Den benötigte er im Normalfall für seine Einkäufe oder für die Abfuhr der Essensreste vom Lokal, wenn eine Gesellschaft gefeiert hatte. Dann reichte eine Tüte oder der Rucksack nicht aus und der Weg vom Lokal bis nach Hause konnte dann sehr lang werden. Bei schlechtem Wetter ging es mit Bahn und Bus nach Hause. Ansonsten war das Fahrrad im Gebrauch. Der gelernte Koch machte sich immer sehr früh zur Arbeit auf.

Mit dem Fahrrad mache ich mein Sportpensum und das ist gut für die Figur.

Viel half es nicht, wie man an seinem unsportlichen Körper sehen konnte. Zu gut schmeckte ihm nicht nur sein selbstgemachtes Essen. Seine Arbeitszeit endete schon am frühen Nachmittag und Sascha war deshalb mit dem Fahrrad oder dem Nahverkehr früher als seine Frau Zuhause.

Nur Elvira hatte ein Auto, das sie benötigte, um damit zu ihrer Arbeitsstelle in der Bank zu kommen. Oft hatte sie versucht, mit öffentlichen Verkehrsmitteln ihre Arbeitsstätte zu erreichen, doch das dauerte einfach zu lange. Von ihrer Straße an dem Naherholungsgebiet bis zum Bus auf der Hauptstraße lief sie 10 Minuten. Mit dem Bus fuhr sie nur eine Haltestelle, doch zu Fuß war das keine Option, weil diese Fahrt eine Brückenüberquerung beinhaltete. Mit der U72 käme sie bequem bis in die Stadt. Leider war die Bahn immer dann weg, wenn der Bus ankam. Von der Haltestelle Europaring bis in die Stadt waren es 15 Minuten mit der Bahn und dann wieder 10 Minuten bis zu ihrer Arbeitsstelle, der Bank. Der Aufwand für Gehen, Warten auf den Bus, Warten auf die Bahn und so weiter summierte sich zu einer Stunde. Mit dem Auto war sie nicht länger als eine viertel Stunde unterwegs und konnte in der Tiefgarage des Gebäudes, in dem die Bank untergebracht war, parken. Dort hatte sie einen festen Stellplatz und der wurde kostenfrei von der Bank gestellt, was bei den Kosten für Bus und Bahn nicht der Fall war. Lediglich eine Kostenbeteiligung an einer Bahncard gab es auf Antrag. Gerade bei Regen oder im Winter war die Garage Gold wert. Den Einkauf tätigte Elvira, sooft sie konnte und entlastete ihren Ehemann, der ihr allerdings dafür eine Einkaufsliste übergab. Schließlich war er der Koch zu Hause und wusste, was man benötigte, um den Gaumen der Frau zu verzücken. Und das schaffte er eigentlich immer.

Am Wochenende erledigten sie den Großeinkauf gemeinsam. Dann fuhr Sascha das Auto und machte dabei den „Umweg" zum Getränkemarkt. Bei Anschaffungen, bei denen es schwere Pakete zu tragen gab, durfte er auch hinters Steuer. Allzu gern fuhr er aber nicht.

Das Tierheim in Oberrath hatte bis 18.30 Uhr geöffnet. Jetzt war es schon kurz nach zwanzig Uhr und so sollte dort alles ruhig sein. Sascha fuhr mit dem Fahrrad zum Niederbeckweg und durch den Tunnel. So kam er am schnellsten zur Düsseldorferstraße in Richtung Düsseldorf und zur Oberratherstraße. Von da war es nicht mehr weit bis zum zukünftigen zu Hause seiner giftigen „Züngler" mit Anhang. Langsam fuhr er die Kanzlerstraße hoch, beobachtend, dass er nicht „verfolgt" wurde. Im Tierheim brannten nur die Notleuchten und es schien alles ruhig zu sein. Trotzdem fuhr er mit dem Fahrrad am Tierheim vorbei und ein wenig die Straße hoch, von wo man einen Blick in das Tierheim hatte.

Alles ruhig, entschied Sascha, fuhr zurück und hielt vor dem zweigeteilten Tor vom Tierheim.

Schnell hatte er die Kiste abgestellt, auf der er einen ausgedruckten Zettel „Vorsicht, giftig" geklebt hatte. Schon wieder auf dem Fahrrad sitzend und zur Abfahrt bereit, drückte er auf den roten Bazzerknopf mit dem Schild „Anonym-Knopf", bevor er sich schnellstens aus dem Staub machte.

Im Internet hatte er gelesen, dass dieser Knopf extra angebracht wurde, um den Menschen eine Möglichkeit zu geben, die nicht mehr von ihnen geliebten Tiere, Fehleinkäufe oder, wie bei Sascha, Tiere aus Not abzugeben. Diese Art von Tier-entsorgung hatte man eingerichtet, da dies allemal besser war, als etwa Hunde an der Autobahn „abzustellen".

Er war sich sicher, dass die Notaufnahme sich nun um die Tiere kümmern würde.

Den Gedanken, es mit Kroko und Kroki auch so zu machen, verwarf er. Erstens hatte er keine geeigneten Transportkisten für die beiden und könnte nicht mit einem oder gar zwei Krokodilen durch die Gegend fahren. Nein, er blieb bei seinem Plan, die beiden zum „Silbersee" zu bringen.

Im Katzenhaus wurden gerade die „Samtpfoten" gefüttert, als das Klingeln der Anonym-Schelle ertönte. Der Mitarbeiter hörte es und wusste, der, der geklingelt hatte, wollte nicht erkannt werden. Die Anonym-Klingel unterschied sich von der normalen Klingel des Tierheims, damit jeder wusste, abwarten, hier wird eine Trennung vollzogen.

Der Tierpfleger konnte sich also Zeit lassen und fütterte deshalb erst mal die Katzen weiter. Er wollte sicherstellen, dass der „Tierfreund" sich unerkannt entfernen konnte.

Die „Entsorgungsklingel" wurde besonders kurz nach Weihnachten oder zur Urlaubszeit öfter genutzt. Lebende Weihnachtsgeschenke machten Arbeit, Unrat und die täglichen Verpflichtungen wurden lästig. Eine lang ersehnte Kreuzfahrt stand an und Haustiere stören da nur. Als der Pfleger sich nach einer Weile dann doch auf den Weg machte, staunte er nicht schlecht, als er die Kiste mit der Aufschrift „Vorsicht, giftig" sah. Er war erfahren genug, um zu wissen, dass er diese Kiste lieber nicht öffnen sollte. Giftig können nur die Bisse von Schlangen oder anderen Reptilien sein, dachte sich der kluge Mann und rief die Feuerwehr an. Die bestätigte seine Vorsichtsmaßnahme und schickte Fachkräfte zum Rather-Tierheim.

Besonders ausgebildete Feuerwehrleute nahmen sich kurze Zeit später der Kiste an. Nach dem Öffnen und Sichten des Inhalts wurde bestätigt, dass der Pfleger mehr als richtig gehandelt hatte.

Schon beim Lesen der Schilder, die an den Beuteln hingen, wurden die Beamten in Alarmbereitschaft versetzt. Nach Rücksprache mit der Einsatzstelle wurde entschieden, die Beutel samt Kiste nach Düsseldorf-Golzheim zum Aquazoo zu transportieren.

Auch die Polizei war vor Ort. Giftige Tiere auszusetzen, wenn auch an einem Tierheim, war kein Kavaliersdelikt und welche Geschichte steckt hinter dieser illegalen Aktion?

Im Zoo wurden die Beutel getrennt in leere Terrarien gelegt, geöffnet und deren Inhalt durfte ins Freie.

Alle Beteiligten waren sich darüber einig, dass sich hier jemand auf unvorsichtige Weise seiner gefährlichen Tiere entledigt hatte. Da es sich um Tiere handelte, für deren Haltung man eine Genehmigung haben muss, ging man von einer illegalen Haltung aus.

„Na wenigstens hat er die nicht einfach ausgesetzt", hielt man dem Tierfreund dann doch zugute.

Sie konnten nicht ahnen, dass dies nur zur Hälfte stimmte.

Die beiden Leguane Jupp und Juppeline konnte Sascha tatsächlich an einen Terrarier abgeben. Eine Internetbekanntschaft, mit dem er sich hier und da über die Haltung und Pflege von Exoten ausgetauscht hatte, sagte zu, die beiden Tiere aufzunehmen und ihnen eine schöne Unterkunft zu bieten.

Lego, also Leonard, den es wirklich gab, war ein Exotenhändler, der insbesondere Leguane züchtete und verkaufte. Mit den beiden Tieren von Sascha würde neues Blut in seine Züchtung kommen und die Gefahr von Albinos verringern, was auch bei Leguanen vorkommen kann. Da dieser Mensch illegal mit diesen Tieren handelte, brauchte Sascha nicht zu befürchten, dass Lego Informationen über die Überlassung ausplaudern würde.

Da Sascha nicht wollte, dass der Exotenfreund wusste, wo er wohnte, hatte er vorgeschlagen, sich auf einem Parkplatz zu treffen. Er bestellte den Abnehmer seiner beiden Legos auf einen Parkplatz an der Kaiserswertherstraße in

Düsseldorf. Da Lego über die B8 aus Duisburg kommen würde, bot sich dieser Treffpunkt an.

Die Übergabe an einem sonnigen Sonntagmorgen war unspektakulär. Am Parkplatz angekommen, sah Sascha seine Internetbekanntschaft sofort, da der wie angekündigt einen roten Kleintransporter fuhr. Seinen Wagen parkte er direkt daneben und als er ausstieg, tat Leonard das ebenfalls. Ein kurzes „Hallo" und Öffnen der Kofferraumtür bzw. der Ladetür waren eins. Sascha nahm die Leinenbeutel mit den Tieren und legte sie in den Transporter.
„Pass gut auf die beiden auf", und schon verabschiedete Sascha sich auch wieder.
„Mach ich und vielen Dank", antwortete Leonard.
„Alles Gute. Ich sende dir ein Foto, wo ich die beiden untergebracht habe."
Und schon machten sich beide daran, den Parkplatz zu verlassen.
Sie werden mir fehlen, waren die letzten Gedanken an Jupp und Juppeline.

Elvira, die auf ihren Sascha gewartet hatte, nahm ihn in den Arm und wieder war sie stolz auf ihn. Stolz, weil Sascha einen starken Charakter hatte. Es sagte was und tat es dann auch, eins zu eins. In dem Falle hatte sie mitbekommen, dass die Tiere wirklich an einen Freund ausgehändigt wurden. Bei der vorherigen „Entsorgung" war sie sich nicht sicher.

Die eingeschaltete Polizei ermittelte in alle Richtungen, besonders aber unter den angemeldeten Terrain- und Reptilienbesitzern. Hier erhoffte man sich Hinweise auf illegale Halter oder Personen, die in letzter Zeit Schlangen zum Kauf angeboten hatten. Die Untersuchungen an den beiden Leinensäcken und der Kiste hatte nichts ergeben. Hatte man sich doch eventuelle Fingerabdrücke vom „Entsorger" gewünscht. Die beiden Leinensäcke waren handelsüblich und wurden in Baumärkten und Internetportalen angeboten. Eine Nachfrage in den hiesigen Baumärkten hatte ergeben, dass in der letzten Zeit solche Beutel verkauft wurden, jedoch nur im Barverkauf. Wer sie erworben hatte, konnte somit nicht festgestellt werden. Die Kiste war älter und hatte viele Gebrauchsspuren. Fingerabdrücke waren hier Fehlanzeige.

Hauptkommissar Biesenbach war nicht gerade begeistert, als er die Akte „Tierheim Düsseldorf-Oberrath" auf den Tisch bekam. Es ist zwar ein normaler Vorgang, dass immer ein Kommissar mit einbezogen wird, wenn es um Giftschlangen oder Exoten geht, die Menschen gefährlich werden können. Besonders, wenn diese ausgesetzt wurden, dann kann dahinter ja auch ein Verbrechen stecken. Bei einem Verbrechen oder dessen Vermutung, in dem Düsseldorfer Vorort Oberrath kam der Kriminalist Biesenbach ins Spiel.

PHK Biesenbach nahm die Akte, die neu auf seiner Ablage lag, zur Kenntnis, las überfliegend den Bericht und unterschrieb das Protokoll von der zuständigen Polizeiwache. Damit war für ihn die Sache erledigt. Doch, nur für einen kurzen Moment.

Oberrath?

Hatte er da gerade Oberrath gelesen? Erinnerungen kamen auf. Mit dem Namen Oberrath allerdings keine guten.

Der Mord an einem Unfallfahrer, den er nicht hatte verhindern können. Die Täter blieben trotz intensiver Fahndung unentdeckt und wurden der russischen Mafia zugeordnet, was aber nicht bewiesen war. (Der Tathergang ist beschrieben im Oberrather Krimi „Deine Schuld wird nie vergessen" des Autors Michael Schönberg.)

Den Mord an einer Frau aus Oberrath konnte er ebenfalls nicht aufklären, obwohl er sich sicher war, wer die Tat begangen hatte. Doch hier fehlten ihm die Beweise. Der Täter schien das perfekte Verbrechen begangen zu haben.

Perfekte Verbrechen gibt es nicht, irgendwo habe ich etwas übersehen, war denn auch Biesenbachs Meinung, was seinen Ärger darüber aber erhöhte. (Der Tathergang ist beschrieben im Oberrather Krimi: „Wenn die Seele sich verdunkelt", ebenfalls vom Autor Michael Schönberg).

Ein paar Giftschlangen und Spinnen werden sicherlich keinen neuen Ärger aus Oberrath verursachen.

Hier sollte er sich gewaltig irren.

Mitte April waren erneut zwei Beamte der Stadt unterwegs, um den Tierbestand am „Grünen See" aufzunehmen. Schnell war den Beamten klar, es fehlten wieder einige Tiere. Anstelle von sonst zwölf Schwänen hielten sich nur noch vier am See auf. Den See und dessen Umgebung zu beobachten, hatte keinen Erfolg gebracht. Polizei und Ordnungsamt hatten keinen Wilddieb ausmachen können. Einige abendliche Spaziergänger wurden angetroffen, die aber nicht als Wilderer infrage kamen. Den Beamten fiel auf, dass kaum Tiere im Wasser waren, sondern sich mehr auf dem Festland aufhielten. Etwas schien hier nicht zu stimmen, doch was, war ihnen nicht klar.

Die Stadt bat die örtliche Zeitung um Hilfe. Sie sollte einen Bericht über die schwindende Zahl der Tiere am See veröffentlichen und die Bevölkerung aufrufen, sich zu melden, wenn ihnen was aufgefallen war, das im Zusammenhang mit dem Verschwinden der Tiere stehen könnte. Man erhoffte sich so Hinweise und damit Klarheit in dieser Sache zubekommen. Ihr war auch klar, dass damit die öffentliche Presse aufgeschreckt würde und Reporter der überregionalen Zeitungen an den See kämen. Doch sie sah keinen anderen Ausweg, die Sache am See aufzuklären. Mit dem schwindenden Tierbestand konnte es nicht so weitergehen, die Reporter würden wieder ver-schwinden, wenn die Ursache gefunden wäre.

Schon am nächsten Donnerstag hatten alle Ratinger Bürger ihre Zeitung im Briefkasten. Auch das Ehepaar Schärber bekam die Zeitung. Da sie etwas außerhalb des Stadtzentrums wohnten, war die Zeitung eine willkommene Informationszentrale über das Treiben und die

Veränderungen in der Stadt. Mit großer Aufmerksamkeit las Michaela Schärber den Aufruf der Stadt, wer Hinweise geben könnte, warum so viele Tiere am „Grünen See" verschwanden.

„Herbert, haste gesehen, die suchen den Grund, warum so viele Tiere am See verschwinden."
„Nee, ich habe die Zeitung ja noch nicht in der Hand gehabt, oh du holdes, wissen begehrendes Weib."
Er stand vom Fernsehsessel auf und ging zum Esstisch, an dem Michaela saß und die Zeitung studierte. Die Anzeige „Mysteriöser Tierschwund am Grünen See" war groß auf der Titelseite zu lesen.
„Erinnerst dich an unseren letzten Besuch am See?".
Herbert überlegte und sagte: „Das war doch Ende März. Jetzt ist doch schon Mitte April. Was ist damit?"
Michaela verdrehte die Augen und merkte mal wieder die Vergesslichkeit von ihrem Herbert.
„Das mit den Enten, die untergingen, aber nicht wieder hochkamen!"
„Ja, jetzt erinnere ich mich. Aber war das nicht so, dass das Tauchenten waren?"
„Natürlich waren es Tauchenten. Aber auch die tauchen einmal wieder auf und die, die wir

gesehen haben, haben wir dann nicht mehr gesehen."

Herbert sah sie verwundert an: „Schätzecken, ich verstehe nicht, was du sagen willst."

„Die Enten sind abgetaucht, aber dann nicht wieder aufgetaucht. Und wenn das viele machen, dann sind bald keine Tiere mehr am See. Und wir haben etwas gesehen, was sehr merkwürdig war."

Ein Blick auf ihren Herbert machte ihr klar, dass er nicht wirklich wusste, was sie meinte. Für sie stand aber fest, dass sie am nächsten Tag die ausgewiesene Nummer anrufen wird, um von ihrem Erlebnis am See zu berichten.

Obwohl Herbert anschließend den Bericht in der Zeitung las, ergab es keinen Sinn für ihn, dass seine Frau es als merkwürdig empfand, dass Tauchenten abtauchen. Dass er gesehen hatte, dass eine Ente ungewöhnlich untergegangen war, hatte er schon wieder vergessen. Das war auch nicht so wichtig. Wichtiger waren für ihn die Todesanzeigen, ob es da jemanden gab, den er kannte, oder nun gekannt hatte. Er vertiefte sich in die Zeitung, während Michaela sich die Telefonnummer notierte.

„Guten Tag, bin ich da richtig wegen der Tiere vom See? Dem Grünen See."

Nachdem sie am anderen Ende bestätigt bekommen hatte, dass sie den richtigen Anschluss gewählt hatte, berichtete sie von ihren Beobachtungen. Dass auch ihr Mann einen ungewöhnlichen Tauchgang einer Ente beobachtet hatte, erwähnte sie nicht.

Die Dame am anderen Ende der Leitung nahm die Informationen auf und bedankte sich bei Michaela. Auf ihre Frage, wie es denn nun weitergehen würde, bekam sie die Antwort, dass ihre Informationen zu den anderen Hinweisen kommen. Etwas enttäuscht legte Michaela den Hörer wieder weg. Ein wenig mehr über den Werdegang ihres Hinweises hätte sie sich schon gewünscht.

„Was haben sie gesagt?", fragte Herbert dann doch, der den Anruf mitbekommen hatte.

„Sie haben sich bedankt!", war dann auch die kurze Antwort von ihr.

Herbert nahm das ohne Kommentar hin und widmete sich weiter seinem Frühstück, zu dem sich nun auch wieder Michaela gesellte. Das Thema See und untertauchende Enten wurde nicht weiter besprochen.

Wie vermutet, hatten viele Zeitungen den Bericht der Ratinger Zeitung aufgenommen und witterten eine Story. Es gab wegen Corona ja sonst kaum etwas, außer der Reihe zu berichten. Am See tummelten sich einige Reporter und befragten die Besucher des Sees, was es mit dem Tierschwund auf sich hatte. Kaum einer der Befragten konnte dazu was sagen, denn eigentlich hatte die Ratinger Bevölkerung erst durch die Zeitung von den Problemen des Tierbestandes erfahren.

Außer Frank, Frank „Immerweiß".

Ein unangenehmer, aufdringlicher Mensch. Er berichtete den Reportern von einem Ungeheuer, das jede Nacht aus dem Wasser aufstieg und sich die Tiere zum Fraß holte. Er selbst habe das mehr als vier Meter große Monster schon zweimal gesehen. Dabei zeigte er seine Taschenlampe, mit der er das Tier dann angeleuchtet hätte, bevor es wieder verschwand. Am Ende merkten die Reporter, dass er das Ungeheuer von Loch Ness gesehen haben wollte und beschimpften den Mann, ihre Zeit mit Unsinn vergeudet zu haben.

„Morgen werde ich Ihnen Bilder zeigen, dann werden Sie anders denken!"

„Wo haben Sie die Fotos?", fragte dann doch noch mal ein Reporter nach.

„Die habe ich ja noch nicht, aber die mache ich, wenn das Monster wieder aufsteigt."

Die Kollegen zeigten ihm, dass er einem Spinner aufgesessen war, in dem sie den Zeigefinger an den Kopf hielten. So wie der Schwarm Nessie Paparazis aufgetaucht war, waren sie auch wieder verschwunden. In den Zeitungen brachten sie dann nur eine kleine Notiz über bestehende Merkwürdigkeiten am See.

Viele Anrufe mit einigen Hinweisen waren aufgrund der Anzeige bei der Stadt, Abteilung Natur und Vegetation, eingegangen. Die Hinweise deuteten darauf hin, dass einige Tiere unter merkwürdigen Umständen auf dem offenen See verschwanden. Jemand hatte wie Michaela gesehen, dass ein Schwan urplötzlich regelrecht nach unten gezogen wurde. Ein anderer Anrufer hatte berichtet, dass er gesehen hatte, wie eine Ente verschlungen wurde. Er konnte jedoch nicht genau sagen, was es war, dass sich das Gefieder geschnappt hatte.

Die Zusammenfassung der Anrufe führte zu dem Ergebnis, dass man das Seegebiet untersuchen wollte. Keiner der Verantwortlichen sagte aber öffentlich, was sie vermuteten.

Ein Lebewesen, das sich im See aufhielt und sich anscheinend von den Wasservögeln ernährte.

Einige dachten an den Kaiman aus Mönchengladbach, der dort ebenfalls in einem See sein Unwesen getrieben hatte, bevor er eingefangen werden konnte. Der war aber zu klein, als dass er einen Schwan hätte verschlingen können. Wovon der sich in der Zeit seiner „Freiheit" ernährt hatte, blieb sein Geheimnis.

Hier schien es so, dass etwas Größeres am Werk war, bzw. im Wasser war. Was allerdings noch zu beweisen wäre. Der Stadtrat beschloss weitere Untersuchungen, sprich Beobachtungen zu veranlassen. Ein Absperren des Sees wurde erst mal nicht in Betracht gezogen, was sich noch rächen sollte.

Nach und nach baute Sascha die geleerten Terrarien auseinander. Mit jeder Schraube, die er herausdrehte, mit jedem Schnitt seines Cuttermessers, mit dem er die Dichtungen zertrennte, schnitt er auch ein wenig in seinem Herzen herum. Er merkte immer mehr, dass er einen Teil seines Lebens aufgab. Etwas, für das es sich gelohnt hatte, zu leben.

Für ihn gab es aber keine Alternative, denn mehr als die Tiere liebte er seine Elvira.

Die leider nicht mehr benötigten Materialien fuhr er zur Entsorgungsstelle im Düsseldorfer Stadtteil Tiefenbroich. Er hatte die Unterbringungen für seine ehemaligen Lieblinge in ihre Bauteile zerlegt und so konnte er die Materialien Holz, Glas und Metall kostenfrei entsorgen. Vor allem aber unauffällig. Einiges kam in die Humustonne, wo besonders die Pflanzen landeten, die in den Terrarien untergebracht waren. In einem normalen Klima würden die Pflanzen nicht überleben. Die Höhensonnen oder Wärmestrahler mussten wegen der hohen Betriebskosten ebenfalls entsorgt werden und damit war das Ende der exotischen Pflanzen besiegelt. Gerne hätte Sascha die Strahler über eBay verkauft, doch das war wegen der Nachverfolgbarkeit zu riskant. Überhaupt entsorgte Sascha eine Menge Geld. Die Materialien waren alle nicht billig und wie viele Arbeitsstunden er für den Bau der Terrarien gebraucht hatte, war nicht zählbar.

Mit Freude beobachtete Elvira die „Entrümpelung" des Kellers, ihres Kellers.
Sascha hatte aber neben den Schildkröten ja auch noch die beiden „Großen Lieblinge" zu „entsorgen". Die Schildkröten entließ er am „Grünen See" in die Freiheit. Harmlose Wasserschildkröten, die nur bei Gefahr beißen

würden. Das war bei der Größe des Sees eher nicht zu erwarten, war dann auch die beruhigende Meinung von Sascha. Das war bei den beiden Krokodilen ganz anders. Sollte er sie wirklich freilassen oder noch mal mit seiner Frau sprechen, dass er diese beiden behalten sollte?

Als er beim Abendessen mit seiner Frau darüber sprechen wollte, kam sie ihm zuvor.

„Mein Liebster, ich bin so stolz auf dich, dass du dich von den Tieren trennst. Besonders, dass wir im Sommer den Garten für uns nutzen können, ohne dass du ständig nach den Tieren sehen musst. Liegestühle, Ruhe und darauf freuen, dass du wieder den Grill anschmeißt, dass unsere Freunde uns besuchen können und so vieles mehr. Danke, dass du das tust. Ich weiß sehr wohl, wie schwer das für dich ist, und du das auch für mich tust."

Elvira stand auf, ging zu ihrem geliebten Mann und gab ihm einen dicken Kuss.

Sascha war stumm und blieb stumm. Der Kloß im Hals war zu groß, als dass er jetzt was sagen konnte und auch nicht wollte. Nein, jetzt war es entschieden. Sie hatte entschieden, was er nicht konnte. Ein Zurück gab es jetzt nicht mehr. Die Tiere, also auch Kroko und Kroki, mussten aus dem Haus. Punkt.

Sascha schaffte es dann doch, seiner Elvira, die sich wieder auf ihren Stuhl gesetzt hatte, einen Luftkuss zu schicken, um ihr damit zu sagen:
Ja, alles gut. Ich freue mich für dich und dieser Schritt ist beschlossen.

Die großen starken Müllbeutel hatte er dreifach zusammengesteckt, damit könnte er je einen der beiden Kaimane transportieren. Mit schwerem Herzen gab er ihnen das Abschiedsfressen. Einen guten Fleischhappen. Indem sich allerdings ein Schlafmittel befand. Das hatte er über seine dunklen Beziehungen bezogen und immer im Schrank. Für alle Fälle, wenn er eines der Tiere behandeln oder transportieren müsste

Nach zwei Stunden der Fütterung schliefen die beiden Schnapper friedlich in ihrer Unterkunft. Sascha legte ihnen trotz des Schlafmittels etwas über ihre Augen. Dann verschloss er mit einer Krokodilschlinge ihre Mäuler. An den Schwanz-enden hatte er Seile mit Schlaufen befestigt, damit er sie in den Garten ziehen und ihnen die Müllsäcke überziehen konnte. Soweit es ging, bog er jedem Tier den kräftigen Schwanz an den Körper und verschnürte es in diesem Zustand, bevor er es in einem Sack verschwinden ließ. Die Säcke wogen je um die 50 kg.

Beide Säcke passten so eben noch in den Kasten auf seiner Karre. Mit einer Decke auf den Säcken machte sich Sascha bei Einbruch der Dunkelheit auf den Weg. Bewusst hatte er sich dunkle Kleidung angezogen. Seine Kappe zog er tief ins Gesicht.

Elvira hielt sich bewusst im oberen Stockwerk auf und saß an ihrem Rechner, um irgendwelche Tabellen zu bearbeiten. *Was ich nichts weiß, …*

Natürlich war Sascha nicht wohl bei der Aktion, einen anderen Ausweg, die Tiere loszuwerden, gab es aber nicht. Das Aquarium in Düsseldorf könnte die Tiere sicherlich aufnehmen. Doch da ging es nicht, eine Karre vor die Türe zu stellen, klingeln und verschwinden. Weit vor dem Eingang des Zoos waren die Zufahrtswege verschlossen. Die beiden Krokodile so einfach mit der Karre auf dem Bürgersteig abzustellen, war nicht möglich. Das war dann doch zu gefährlich, schließlich schliefen die beiden ja nicht ewig. Also hätte er sich bemerkbar machen müssen, um die Tiere ordentlich zu übergeben. Den folgenden unangenehmen Fragen würden Konsequenzen folgen. Auch der Zusammenhang mit der unerlaubten Haltung und Entsorgung der Tiere in Oberrath wäre schnell gefunden.

Nein, er blieb bei seiner Entscheidung.

Diese Gedanken beschäftigten ihn, während er mit seiner Ladung zum „Silbersee" fuhr. Begegnungen hatte er auf dem Weg keine, was ihn ein wenig ruhiger werden ließ.

An der Stelle, wo er abbiegen konnte, um zum „Silbersee" zu gelangen, stieg er ab und schob Fahrrad und Karre in das Dickicht. Dahinter war ja wieder eine Lichtung und ein schmaler Weg, bis zu der Stelle, wo er die beiden Tiere in Freiheit entlassen wollte. Dort stellte er das Fahrrad ab, drehte seine Kappe nach hinten und zog die Karre in das abschüssige Unterholz bis kurz vor dem See. Die Angewohnheit, vor einer wichtigen Aktion, die Kappe auf seinem Kopf zu drehen, damit der Schirm nach hinten zeigte, hatte er übernommen aus dem Film „Over the Top" mit Sylvester Stallone, seinem Lieblingsschauspieler.
Die Handschuhe zog er über den dicken Pulli, der ihn vor den Dornen und spitzen Zweigen schützen sollte. Gerade wegen des fast undurchdringlichen Unterholzes, war es die beste Stelle, um die Tiere auszusetzen, ohne dabei gesehen zu werden. Er beeilte sich, die Tiere aus den Säcken zu holen, sie von den Fesseln zu befreien und sie so abzulegen, dass sie, wenn sie

aufwachten, direkt auf den See zulaufen würden. So stellte er sich das vor.

Die Karre brachte er nach oben und sah auf die Tiere hinunter.

Die beiden sind von hier kaum zu sehen. Ihr grün-brauner Panzer passte wunderbar in das Naturbild und man müsste schon genau hinsehen, um die beiden zu entdecken.

Mit diesen, für die Tiere guten Gedanken, ging er wieder den Hang hinunter und in die Nähe der beiden. Nun hieß es Warten. Warten, bis sie wach wurden. Wenn er die Schlafmittelmenge gut berechnet hatte, würde das noch ca. eine Stunde dauern.

Sascha entschied sich gegen das Warten und zog sich zurück. Je länger er an diesem Ort verweilen würde, umso eher bestand die Möglichkeit, dass man ihn entdeckte. Wie bei einem Freund klopfte er auf die Körper der Tiere und wünschte ihnen alles Gute.

Der gelernte Koch wusste in diesem Moment nicht, dass er sich mehr Gedanken über deren Entsorgung hätte machen müssen.

Den alten Anglerstuhl, der an der Seite stand, beachtete er nicht. Dass die nach seiner Ansicht unzugängliche Stelle am Ende doch schon benutzt wurde, erfuhr er erst durch einen Zeitungsbericht.

Die Ordnungshüter hatten den See eine Woche lang täglich beobachtet, doch nichts fiel ihnen auf. Keine Tiere, die auf unnatürliche Weise abtauchten oder verschwanden. Den Beamten fiel aber auf, dass sich nur sehr wenige Tiere auf dem See aufhielten und wenn, dann in der Nähe vom Land. So als hätten sie Angst, in die Mitte des Sees zu schwimmen.

Wo kommt dieses Verhalten her? Was war der Grund, dass die Tiere Angst hatten, sich frei zu bewegen? Fragen, die keine Antworten bekamen.
Nach einer Woche ohne Ergebnisse entschloss man sich, die besonderen Beobachtungen einzustellen, auch wenn das nicht allen gefiel, die für den See, dessen Umfeld und Fauna verantwortlich waren.
Schon bald sollte auch dieser Entschluss bereut werden.

Zweimal in der Woche lief Jutta mit ihrer Freundin Angelika die gesamte Strecke um den „Grünen See". Also laufen, reden, laufen, reden. Welche „Sportart" dabei überwiegt, konnte man nicht wirklich feststellen. Montags waren die

Ehemänner im Fokus der beiden und nicht immer kamen sie dabei gut weg, die Herren der Schöpfung. Die Freundinnen hatten es sich angewöhnt, jedes Mal in der Mitte ihrer Lauf-strecke eine Pause einzulegen. Das taten sie an der Landzunge, die weit in den See hinein ragte. Das taten sie auch an diesem schönen Frühlingsmorgen.

(Foto aus Google Map)

Jutta und Angelika waren beide in der glücklichen Lage, einem Hausfrauendasein frönen zu können. Der Nachwuchs machte es möglich. Sie hatten sich im Schwangerschaftskurs kennengelernt. Besuchten gemeinsam dann die Babyschule, Schwimmen für Eltern mit Kind und weil sie in der nahe gelegenen Holland-Siedlung wohnten, waren ihre Kinder in der gleichen Kita. Die Wohnsiedlung, im Norden vom See gelegen, hatte ihren Namen wegen ihrer Grachten zwischen den einzelnen Reihenhäusern.

Am Ende dieser Landzunge des Sees ließ es sich aushalten. Die morgendliche Sonne kam leicht durch die angrenzenden Bäume und verzauberte den See mit einem Lichterspiel, dem die beiden gerne zusahen. Ihre Gespräche von Mutter zu Mutter, von Frau zu Frau und auch von Ehefrau zu Ehefrau, waren immer interessant und so sahen sie nicht direkt, dass sich etwas Dunkles im Wasser bewegte. Doch dann sah Angelika diesen Schatten im Wasser.

„Da, da, was ist das? Oh mein Gott, was ist das?"
Und zeigte auf den sich entfernenden Schatten. Jutta hatte gerade noch was Dunkles, was sich Bewegendes gesehen. Mit ungläubigen Blicken verharrten die beiden.

Angelika fasste sich als Erste: „Da war etwas Langes, Dunkles. Hast du das auch gesehen, Jutta?"

„Nur kurz, bevor es in der Tiefe verschwand. Ob das ein großer Fisch war?"

„Dann war das aber ein sehr großer Fisch. Bestimmt über einen Meter, wenn nicht mehr. Ich kann gar nicht glauben, dass ich das gesehen habe. Wenn du nicht dabei wärst, würde ich das niemandem erzählen wollen. Da hält mich jeder für verrückt, oder nicht?"

Ein wenig war Jutta der Meinung ihrer Freundin, nun war die Situation aber so, dass auch sie den „Fisch" gesehen hatte, wenn auch nur kurz. „Wir sollten das Amt anrufen. Da war doch diese Anzeige vor 14 Tagen in der Zeitung, wo sie angefragt hatten, ob jemand weiß oder Hinweise geben könnte, warum die Tiere hier weniger werden, oder so."

„Ja, das stimmt. Ich habe die Zeitung auch noch zu Hause, weil ich das so interessant fand."

Die beiden Frauen hatten vergessen, warum sie eigentlich am See waren. Nun war das einzige Thema, was war es, was sie gesehen hatten. Jutta nahm das Handy und rief die 110 an.

„Hallo, ich möchte etwas berichten. Ich weiß, dass Sie vielleicht nicht dafür zuständig sind, aber ich weiß mir sonst keinen anderen Rat."

Der Beamte am anderen Ende sagte mit ruhiger und interessierter Stimme: „Ganz ruhig. Die Polizei, dein Freund und Helfer. Also, wobei könnte ich Ihnen helfen. Erzählen Sie mal".

Jutta erzählte ihm ihre und die Beobachtung ihrer Freundin. Der Polizist fragte nach und Jutta nahm

Angelika mit in das Gespräch, indem sie das Telefongespräch laut stellte. Als aber beide Frauen ihre Beobachtungen geschildert hatten, bat der Beamte um eine Pause.

„Ist es richtig, dass Sie vermuten, dass es wahrscheinlich ein großer Fisch war, der so ungefähr einen Meter lang war?"

Zuerst war es dann Angelika, die antwortete: „Wir wissen nicht, ob es ein Fisch war. Wir wissen nur, dass es was Großes, Dunkles, Langes war, was da im Wasser schwamm und dann verschwand."

Der Beamte war ein wenig hellhöriger geworden und sagte den beiden Damen, dass er jemanden zum See schicken würde und bat sie, dort auf den Beamten zu warten, der mit einem Motorrad kommen würde. Nach Erklärungen, wo genau sie sich am See aufhielten, beendete man das Gespräch.

„Jetzt kommt die Polizei. Was sollen wir sagen? Was ist, wenn wir uns geirrt haben?" Unsicher sah Jutta Angelika an.

„Angelika, eine könnte sich irren, klar kann sein. Aber wir beide?" Und sie sah die Freundin dabei fragend an.

„Komm, wir schauen noch mal", schlug Jutta vor und wollte wieder näher an den See.

„Ohne mich. Ich geh da nicht mehr hin", rief Angelika und deutete auf die Landzunge, wo sie bis eben noch auf der Bank gesessen hatten.

Schon nach 10 Minuten war ein Polizist mit seinem Motorrad am See. Er ließ sich von beiden Frauen nacheinander ihre Beobachtungen schildern und ging dann bis an die Spitze der Landzunge. Nach einiger Zeit kam er zurück und die beiden Frauen sahen ihn sichtlich angespannt an.

„Der denkt bestimmt, wir spinnen beide. Komm, lass uns nach Hause gehen und wir vergessen die Sache."

Der Beamte ging zu ihrer Verwunderung nicht direkt zu ihnen, sondern zu seinem Krad. Dort telefonierte der Beamte mit jemandem.

Die Frauen verstanden nicht alles, was der Beamte an seinem Motorrad sprach. Doch die Worte „Gefahr im Verzug" und „dringend handeln" hatten sie verstanden. Der Beamte und die Leitstelle nahmen die Aussagen der beiden Frauen sehr ernst. Was das bedeutete, bekamen sie mit, während der Beamte ihre Personalien aufnahm. Sie hörten in der Ferne Martinshörner, die schnell näher kamen. Verwundert schauten sie sich an.

„Was wohl jetzt kommt? Was werden unsere Männer sagen, dass wir hier mit der Polizei zu tun haben?"

Jutta schaute auf die Uhr, weil sie nicht unendlich Zeit hatte, da ihr Sohn aus der Kita abgeholt werden musste. Das war auch bei Angelika ein Thema.

Der Beamte entließ die beiden Frauen nach deren Terminhinweisen, allerdings deutete er an, dass sie eventuell erneut befragt werden könnten. Er bedankte sich bei ihnen und bestätigte, dass sie vollkommen richtig gehandelt hätten, die 110 anzurufen. Damit nahm er beiden Frauen ein wenig Unwohlsein und zauberte sogar ein Lächeln auf ihre Lippen.

„Jetzt aber los Jutta, unsere Racker warten auf uns", sagte Angelika und ging voraus.

Doch weit kamen sie nicht, denn der Weg wurde ihnen durch die anrückende Feuerwehr versperrt. Mehrere Wagen, einer mit einem Boot im Schlepp, fuhren bis an den See.

„Schade, dass wir keine Zeit mehr haben. Ich würde schon gerne sehen, was jetzt passiert", sagte Jutta, ging aber wie Angelika weiter.

Obwohl er in Kurzarbeit war, das Lokal blieb noch länger geschlossen, hatte Sascha

Vollbeschäftigung. Der weitere Rückbau in einen Reptilien freien Keller stand an. Natürlich auch hier die Entsorgung der nicht mehr benötigten Materialien. Das meiste landete wieder in der Entsorgungsstelle an der Robert-Zapp Straße in Ratingen. Der Verantwortliche schaute sich das Kennzeichen an, dann kurz in den Wagen und fragte: „Sie kennen sich aus?"

„Ja, ich weiß Bescheid", sagte Sascha und fuhr zuerst zum Glascontainer.

Während Sascha unterwegs war, saß seine Frau im Büro und malte sich aus, wie sie den Keller in Zukunft gestalten würde. Sascha war handwerklich ein Alleskönner und könnte sehr viel selbst bauen. Am Anfang wollte sie einen Fachbetrieb für Sanitär und Wellness mit dieser Aufgabe beauftragen. Doch als sie die ersten Kostenvoranschläge bekam, war das Geschichte.

Peu à peu würde nun aus dem Tierreich ein „Menschen-Wohlfühlbereich" werden.

Schon nach zwei Tagen saß das Paar am Abend im Keller und Elvira erklärte Sascha ihre Träume. Dass er ziemlich schnell dem ganzen Umbau zustimmte, war sehr überraschend für sie.

Doch was hätte er gegen ihre Vorschläge einzuwenden gehabt? Hörte sich doch alles nach

Wohlfühlen und Entspanntheit an. Das Thema Tiere war abgeschlossen. Neues angehen, um sich von den Altlasten zu trennen, immer eine der besten Ideen und Maßnahmen, um über den Schmerz und über den Verlust seiner Freunde hinwegzukommen. Bei einem guten Glas Wein wurden die Zukunftspläne über den Ausbau des Kellers festgelegt.

Als Kroko und kurze Zeit später auch Kroki nach dem Aussetzen aufwachten, machten sie sich instinktiv auf den Weg in den See. Ihnen war nicht klar, was los war, doch der Instinkt sagte ihnen, dass sie im Wasser sicher seien. Schließlich waren sie, bis sie aufwachten, in einem sicheren Keller gewesen und nun im Irgendwo.
Es dauerte eine Zeit, bis sie bemerkten, dass es ihnen hier besser ging. Die routinemäßige Mahlzeit fehlte, doch der Hunger ließ sie schnell herausfinden, dass auf der Oberfläche des Wassers leckere Häppchen schwammen. Für sie war es ein Leichtes, die nichts ahnenden Vögel zu schnappen und am Ufer zu verschlingen. In der Nähe, wo Sascha seine Schnapper ausgesetzt hatte, fanden sie einen geeigneten Liegeplatz. Dort lagerten sie auch ihre gefangenen Enten und Gänse, damit sie im Wasser schön modrig

wurden. So liebten sie ihre Mahlzeiten. Mürbe und zerteilbar. Einige der Vögel landeten auch direkt in ihren hungrigen Mägen.

Die Mahlzeiten, die auf dem Wasser schwammen, nahmen ab, da die Enten merkten, dass ihnen hier Gefahr drohte. Sie blieben an Land oder in der Nähe vom Ufer. Das war jedoch nicht sehr breit und stark umwuchert und bewachsen. Äste und Sträucher ragten bis ins Wasser. Schilf und Rohrbinsen waren ebenso reich anzutreffen wie auch Seerosenblätter. Alles in allem eine gute Gegend für Fische und Seevögel, wenn nicht gerade Krokodile unterwegs sind. Lediglich die Enten bevorzugten auch weiterhin die Gegend, weil sie ideale Brutplätze lieferten. Außerdem kam immer neues Federvieh hinzu, das von der im Wasser lauernden Gefahr nichts ahnte.

Weil der Fischbestand nicht so üppig war, dass die Krokodile sich mit ihm vollständig ernähren können, wurde ihre Suche nach weiterer Nahrung, und um den Hunger zu stillen, ausgeweitet. Bei einem der Erkundungsausflüge entdeckte Kroko einen unter Wasser liegenden Tunnel. Als er näher heranschwamm, entdeckte er, dass Licht in das Dunkle des Tunnels hereinschien. Kroko schwamm weiter und nach einigen Metern konnte er den Tunnel verlassen und in einer Lichtung auftauchen. Mitten in der dichten Vegetation gab es einen Durchbruch nach oben.

Was Kroko nicht wissen konnte, da hatten vor etlichen Jahren Jugendliche versucht, eine Höhle zu buddeln. Als sie schon fast fertig war, brach sie nach unten durch und traf auf den Verbindungskanal der beiden Seen. Die Teenies hatten Glück, da sie in dem Moment nicht in ihrer Höhle waren, denn das Wasser aus den Seen strömte hinein und füllte sekundenschnell die schräg angelegte Grube bis zur Hälfte. Der eingebrochene Sand wurde durch die wechselweise Strömung, die zwischen den beiden Seen herrschte, allmählich weggespült. Zurück blieb der mit Lehm befestigte Tunnel.

Die Verbindung der beiden Seen hatte die Kies Gesellschaft geschaffen, um das Grundwasser ausnivellieren zu können. Leider hatte man dann vergessen, sie in der Karte einzuzeichnen. Damit war der Tunnel auch bald in Vergessenheit geraten und später erinnerte sich niemand mehr an ihn.

Als Kroko auftauchte und die Lichtung entdeckte, machte er das erst mal zu seinem Revier. Mit Wohlbefinden schlug er seinen Schwanz hin und her und machte Platz für sich und Kroki. Nach einer Weile schwamm er in den „Silbersee" zurück, um seiner Partnerin Kroki das neue Heim zu zeigen. Krokodile verständigen sich mit bestimmten Schwanzschlägen und Lauten, die sie abgeben. Nicht alle Laute können von Menschen gehört werden.

Kroki verstand Kroko aber sofort und folgte ihm in den gefundenen Tunnel. Auch sie war begeistert von dem neuen Liegeplatz und half bei seinem Verbreitern.

Schon nach kurzer Zeit hatten sich die beiden dort eingelebt und die eingewässerte Beute von einem Liegeplatz zum anderen verlegt. Es dauerte nicht lange und Kroki schwamm den Tunnel durch und erblickte ein neues Gewässer, den „Grünen See". Kroko war ihr gefolgt und auch er sah das neue Fressgebiet. Viele, sehr viele Vögel schwammen auf dem See. Doch sie sahen auch Menschen. Die Gestalten sahen so aus wie der, der sie gefüttert, aber auch immer wieder eingesperrt hatte, wenn sie mal aus dem Käfig heraus konnten und sie einzeln in dem Keller herumlaufen durften. Sie wussten, von diesen Gestalten geht eine Gefahr aus.

Kroko und Kroki tauchten wieder ab und schwammen durch den Tunnel zurück in den „Silbersee." Der Fang einer Ente erwies sich zwar in dem abgelegenen See als schwierig, aber da es hier keine Menschen gab, war es dort sicherer, als in dem anderen Gewässer. Nur einmal hatte Kroki jemanden gesehen, der dem See sehr nahekam und tauchte deshalb schnell ab.
Als Kroko einmal von einer Nahrungssuche im „Grünen See" zurückkam, hatte er einen großen weißen Vogel im Maul. Sie wussten nicht, was das für ein Tier war, sie merkten nur, dass an dieser Beute mehr Fleisch dran war, als bei denen, die sie bisher im „Silbersee" geschnappt hatten. Außerdem schmeckte es schön modrig. An diesem Federvieh könnten beide satt werden und legten den Schwan in die Wassermulde neben ihrem Nest. Mit diesem Erfolg wurden die beiden immer mutiger, in dem besiedelten Wasser des „Grünen Sees" zu jagen. Schnell hatten sie ihre „Vorratskammer" gefüllt. Denn auch die Gänse erwiesen sich als sehr nahrhaft. Es ging ihnen gut. Das sollte sich bald ändern.

Die Aussagen der beiden Frauen waren der Ausschlag, dass umfassende Untersuchungen gemacht wurden. Einige der Hinweise aus der Ratinger Bevölkerung hatten darauf hingedeutet, dass sich im See was befand, das die Tiere in die Tiefe zog. Dass es ein großer Fisch war, bezweifelten die Fachleute, die in der Phase der Überwachung schon einbezogen wurden, unter anderem Leute vom Aquazoo in Düsseldorf. Doch um was es sich handeln könnte, darüber schwieg man sich aus. Die Bevölkerung wollte man nicht zu sehr verschrecken. Außerdem würde das die Medien anlocken und viel Rummel erzeugen. Genau das wollte man aber vermeiden.

Mit dem Boot wurde der See abgefahren, was aber zu keinem Erfolg führte. Zwei Taucher machten sich nun bereit, den See auch in der Tiefe abzusuchen. Die beiden Feuerwehrleute mit Spezialausrüstung hatte die Ratinger Feuerwehr in Düsseldorf angefordert.
Mit einem Neoprenanzug, in dem ein Leichtmetallanzug steckte, gingen die beiden Leute in das Wasser. Eine Vorsichtsmaßnahme, die immer angewendet wurde, wenn man in unbekannte Gewässer oder nach Unbekanntem suchte. In diesem Fall kam beides zum Tragen.

Entsprechend vorsichtig stiegen die beiden Taucher hinab in die Tiefe des Sees.

Die starken Scheinwerfer leuchteten ihnen ein wenig den Weg. Den Grund sahen sie aber trotzdem nicht. Bei einer Tiefe von 21 m war das auch nicht zu erhoffen. Also ging es „blind" ab in die Tiefe. Von oben konnten die Leute im Boot beobachten, wo sich die beiden Taucher befanden. Eine Drohne schwebte über dem See und beobachtete von oben, ob sich was Großes den beiden Tauchern näherte.

Der Tag und viele Tauchgänge brachten keinen Erfolg. Außer einem Fahrrad, einem Motorroller und einigem anderem Müll brachten sie nichts Ungewöhnliches zutage.
Von einem „großen Fisch" oder gar einem „Ungeheuer", gab es jedoch keine Spur. Ohne Erfolg brach man die Aktion am Abend ab.

Der Park blieb für Besucher gesperrt, denn schon am nächsten Tag sollte die Suche nach dem Unbekannten weitergehen. Immer mehr Besucher wurden durch die getroffenen Maßnahmen angelockt, anstatt ferngehalten. Die hiesige Presse durfte dabei sein, die wiederum hatte ihre Kollegen im Umfeld über die Vorgänge am See informiert. Informationsaustausch unter Kollegen. Während der Pandemie waren „Sensationen" eher rar.

Eine ganze Woche wurde gesucht, getaucht und es wurden sogar lebende Leckereien auf dem See ausgesetzt. Es wurden Schwimmbewegungen von Enten und Schwänen nachgemacht, um das Unbekannte aus der Tiefe nach oben zu locken. In der Nacht wurden mit Scheinwerfern immer wieder die Wasserfläche und die Ufer abgesucht. Doch alles brachte keinen Erfolg. Die Stadt rief alle Beteiligten an einen Tisch und suchte nach Lösungen. Eine endgültige Entscheidung musste her, wollte man nicht noch länger nach etwas suchen, was es wahrscheinlich nicht gab.
Hinweise auf einen großen Fisch, oder etwas Ähnlichem, hatten sich nicht bestätigt. Nach Aussage der beiden Frauen könnte es unter anderem eine Wasserspiegelung gewesen sein. Die beiden verschwundenen Hunde, die von den Besitzern in den beiden letzten Wochen der Polizei gemeldet wurden, könnten von einer der zahlreichen Unterströmungen erfasst worden sein, die in dem Gewässer waren, weshalb das Schwimmen im See verboten war. In früheren Zeiten kam es immer wieder vor, dass Hunde beim „Stöckchenspiel" verschwanden.

Entsprechende Hinweise gab es ja, doch viele Hundehalter hielten sich nicht an die Pflicht, ihre Hunde an der Leine zu führen.

Hitze und Trockenheit hatten an vielen Orten zu einem geminderten Tierbestand geführt. Viele Tiere hatten sich zu Gegenden aufgemacht, wo es saftiges Gras gab, was logisch erscheint.

Alles in allem kein Grund, den See weiterhin zu sperren. Mit Magenschmerzen ordnete der Verantwortliche an, den See wieder freizugeben.

Eine Maßnahme, die sich sehr schnell als zu voreilig herausstellen sollte.

Nach ein paar Tagen wurde die Sonderkommission auf Eis gelegt, allerdings mit dem Hinweis, dass sie sofort wieder zusammen-kommen könnte, wenn sich neue Erkenntnisse ergeben würden.

Menschen mit Lampen und anderem Gerät waren im Wasser und schwammen herum. Die beiden Krokodile erkannten die Gefahr, die davon ausging, und verschwanden wieder aus dem „Grünen See" mit den vielen Häppchen. Sie ernährten sich einige Tage von der Beute, die in der Wassermulde im Durchbruch herrlich vergammelte. Als Kroko dann doch mal wieder den Tunnel zum „Grünen See" benutzte und vorsichtig unter dem Gestrüpp auftauchte, sah er, dass keine Menschen am See waren. Er spürte, dass etwas nicht stimmte. Ja er spürte über seine Rezeptoren die Unruhe im Wasser, etwas näherte sich ihm. Es verursachte leichte Wellen und erzeugte zudem ein Signal, was er wahrnahm. Gefahr, Gefahr, was Kroko spürte, und er zog sich in den Tunnel zurück.

Gerade noch rechtzeitig, bevor ihn das Echolot erfasste. Auch die Motorengeräusche wurden wieder leiser. Kroko schwamm jedoch nicht wieder hinaus, sondern zum sicheren Liegeplatz. Er wusste nicht, dass er sich dadurch selbst das Leben gerettet hatte. Kroki wurde mit Lauten verständigt, dass auch sie sich von dem „Grünen See" fernhalten sollte. Das Scharren mit dem Krokodilschwanz unterstützte Krokos Nachricht. Einige Zeit wollten sie im und um den Silbersee bleiben, der Größere schien Gefahren zu bergen, denen sie somit auswichen. Das Jagen nach Beute war hier allerdings mühsam. Oft lagen sie stundenlang auf der Lauer, um dann eine der wenigen Enten zu fangen. Die Fische in dem See waren zu schnell für die beiden ungelernten „Angler". Nur selten hatten sie das sogenannte Petri-Glück.

Der Hunger und die Aussicht auf einfache Beute trübten ihren Instinkt und nahmen die Angst vor der Gefahr und trieben sie dann doch zurück in den „Grünen See".

Sascha hatte natürlich mitbekommen, dass der „Grüne See" abgesucht wurde.
Was er jedoch nicht verstand, da seine Lieblinge Kroko und Kroki von ihm doch im anderen See ausgesetzt worden waren. Er glaubte nicht, dass einer oder gar beide die 600 m Distanz durch das Dickicht zwischen den Seen zurückgelegt hätten, um vom „Silbersee" in den „Grünen See" zu wechseln. Die Wanderung hätte sichtbare Spuren hinterlassen, die für jeden, besonders für die Fachleute, klar erkennbar gewesen wären. Solche Spuren gab es aber nicht. Zeitungsberichte, längst waren nicht nur die regionalen Zeitungen mit dieser kleinen „Loch Ness" Geschichte befasst, hatten nichts über Spuren berichtet. Obwohl er sich sicher war, dass die beiden immer noch im „Silbersee" waren, machte er sich Sorgen um seine Lieblinge. Zu ihnen fahren ging aber nicht, wollte er nicht selbst in Gefahr geraten.
Eine Gefahr, ausgehend von den beiden Krokodilen mit dem lateinischen Namen: Caiman crokodilus, sah er nicht.

Nein, vor denen hatte er keine Angst. Sascha hatte Angst, dass er bemerkt oder auffallen und man ihm unangenehme Fragen stellen würde. Auch wenn er im Keller schon einiges entsorgt hatte, so wäre immer noch erkennbar, was hier im Keller „gewohnt" hatte.

Ahnte Sascha da schon, was er angerichtet hatte und dafür zur Rechenschaft gezogen würde?

Der See war immer noch abgesperrt und es blieb ihm nichts anderes übrig, als abzuwarten.

Abwarten, was über den See und dessen „Ungeheuer" berichtet wird.

Mit Freude vernahm er deshalb ein paar Tage später die Nachricht aus dem Radio, dass die Suche nach einem „Ungeheuer" am „Grünen See" eingestellt wurde und der See für alle wieder geöffnet war.

Sascha machte sich denn auch sofort auf den Weg zum See. Er fiel nicht auf unter den vielen Besuchern, den Nessie-Fans, die Fotos über Fotos von einem See machten, der außer kleinen Wellen an der Oberfläche nichts zu bieten hatte. Doch alle warteten darauf, dass das vermeintliche Ungeheuer auftauchte und dabei eine Ente verschlang. Doch das waren eher Hollywood-Szenen, die hier nicht zu erwarten waren. Die

Landzunge war von vielen Menschen belagert. Zu viele, entschied das Ordnungsamt und verwies auf die Abstandsregeln.

Sascha ging unauffällig zum „Silbersee". Doch den schmalen Weg verlassen, um sich in das Gestrüpp zu wagen, wo er seine beiden Lieblinge der Natur überlassen hatte, das traute er sich dann doch nicht. Zu viele Menschen waren auch an diesem See unterwegs und Hinweise auf seine Schnapper wollte er nun wirklich nicht geben. So blieb ihm nichts anderes übrig, wie alle anderen am See ohne einen Sichtkontakt zu seinen Lieblingen, den Besuch zu beenden.

Im Gegensatz zu allen anderen wusste Sascha aber, was er diesmal nicht zu Gesicht bekam. In Gedanken wünschte er seinen beiden Schnappern alles Gute und dass sie nicht entdeckt werden.

Ein Wunsch, den er noch bereuen würde.

Ein Hund, der eigentlich nur angeleint im Park herumlaufen durfte, hatte sich von seinem Herrchen entfernt. Sein lautes Bellen veranlasste den Jogger von einem trabenden Schritt zu einem Sprint überzugehen. So hatte er seinen Hund noch nie bellen gehört. Auf dem Weg zu dem Ort, an dem er seinen Hund vermutete, hörte er ein merkwürdiges Quieken seines Hundes. Dann, urplötzlich, gespenstische Stille, nicht mal ein Vogel zwitscherte. Es war, als würde die Umgebung die Luft anhalten.

„Nala, Nala, komm her. Nala, komm. Komm Nala, komm!" Herr Brandel, rief so laut er konnte, doch nichts rührte sich.

Stille, kein Bellen, kein Laut! Nur das Wasser plätscherte an der kleinen Sandzunge.

Der Hundebesitzer kam zu der Stelle, an der er seinen Vierbeiner vermutete. Enttäuscht sah er sich um, der Setter war nicht zu sehen. Dann entdeckte er im Sand eine blutige Schleifspur, die ins Wasser führte. Dem Mann wurde eiskalt. Was ist hier geschehen, fragte er sich und kniete hinunter. Im Sand waren eindeutig Pfotenabdrücke von seiner Nala zu erkennen.

Im Sand gab es eine weitere Spur, die er nach längerem Betrachten einordnen konnte. Aufgrund seines Wissens und der Natur sehr verbunden, wusste er, dass die Spuren neben denen des Setters, die eines Krokodils waren.

Ihm wurde schmerzlich klar, was mit seiner Hündin geschehen war. Halbherzig rief er noch einmal den Namen seines Lieblings. Die aufkommenden Tränen konnte er nicht zurückhalten. Er nahm sein Handy und rief in großer Verzweiflung seine Frau an, die ihm sofort riet, die Feuerwehr anzurufen. Das tat er dann auch und es dauerte nicht lange, dass mehrere Wagen der Einsatzkräfte vor Ort eintrafen. Der Beamte, der den Anruf von Herrn Brandel entgegen-genommen hatte, beorderte einen Krankenwagen mit einem Seelsorger an den See.

Mit vielen Einsatzkräften wurde der See erneut abgesperrt. An sämtlichen Zugängen wurden Absperrbänder angebracht und Streckenposten eingesetzt, die Besucher abhielten, das Gelände zu betreten.

Herr Brandel bekam von einem Arzt eine Beruhigungsspritze und wurde kurze Zeit später nach Hause gebracht.

Seine Frau und seine Tochter empfingen ihn an der Türe zu seinem Haus, das nicht weit weg von der Unglücksstelle lag. Mit Tränen in den Augen hielt er den beiden die Leine hin, hielt ihnen seinen Schmerz und den damit verbundenen Verlust ihres Lieblings hin. Weinend zog sich die Familie in ihr Haus zurück, was auf der Halberkampstraße, einer Seitenstraße von der Seeuferstraße, lag.

Eine Anzeige wegen Missachtung der Hundeverordnung, Tiere angeleint im Park zu führen, hatte er dann doch nicht zu erwarten.

Hatte die Stadt den See zu früh freigegeben? War die Suche, wonach auch immer, zu früh abgebrochen worden? Fragen, die der Hündin und ihrem Herrchen nicht mehr helfen, aber dem Verantwortlichen der Stadt noch viele Fragen und Vorwürfe einbringen würden.
Die Frage, die sich den verantwortlichen Leuten stellte: *Was ist zu tun, was sie beim letzten Mal nicht getan haben?*

Der Krisenstab kam wieder zusammen und man überlegte, die nächsten notwendigen Schritte. Ein Zoologe vom Aquazoo wurde ebenfalls benachrichtigt. Nun wusste man in etwa, Dank der Aussage von Herrn Brandel und seiner Kenntnis, die Abdrücke im Sand zu erkennen, womit man es zu tun hatte und erhoffte sich von dem Zoologen weitere dienliche Hinweise, um was es sich für ein Tier handelt und wie man das Problem lösen könnte. Ein Vertuschen oder gar Stillhalten gab es nun nicht mehr.

Die Sonderkommission bekam von der Stadt grünes Licht, jegliche Maßnahmen durchführen zu können, die Lösungen beinhalten würden. Ohne Lösung ging es nun nicht mehr, das war allen klar. War es jetzt „nur" eine Hündin, die dem „Ungeheuer" zum Opfer gefallen war, wäre es beim nächsten Mal vielleicht ein spielendes Kind.

Hatte die Stadt im Vorfeld fahrlässig gehandelt, so war nun äußerste Bedächtigkeit angesagt. Schließlich standen bald Kommunalwahlen an und so ein „unangenehmes Problem" könnte Wählerstimmen kosten.

Anhand der Spuren stellte der Zoologe fest, dass es sich wirklich um eine Krokodilart handeln würde. Auch die Größe konnte er in etwa feststellen und dadurch die Gefährlichkeit bestimmen. Allen wurde durch diese Aussage klar, dass es sich hier um ein sehr ernst zu nehmendes, ausgesprochen gefährliches Problem in Form eincs Alligators handelte.

Den See abpumpen kam dabei als Erstes zur Sprache, wurde aber angesichts des Grundwasserspiegels als nicht durchführbar abgelehnt, da mehr Grundwasser in den See einfließen würde als man abpumpen könnte. Gut so, denn von dem Zulauf wussten sie ja nichts, und hätten auch mit den stärksten Pumpen nichts erreicht.

Nach dem Alligator zu tauchen und zu suchen, war ohne Spezial-Ausrüstung nicht mehr möglich. Zu groß die Gefahr für die Taucher, denn ein Alligator, bei einer geschätzten Größe von 1,50 m, auf die sich der Zoologe festgelegt hatte, war in der Lage, einen Taucher anzugreifen und ihn in die Tiefe zu ziehen. Außerdem war es mit dem Finden des Alligators nicht getan, man musste ihn auch einfangen.

Herr Krstic vom Amt für Naturwesen brachte eine Idee ein, die er aus seinem Heimatland Kroatien kannte. Ein Netz auslegen. Ein Netz, so breit wie der See, würde durch den See gezogen und nichts könnte dem entkommen. Der Beamte wusste auch schon, wo er solch ein Netz auftreiben könnte. Von einer Hochseefischerei ausleihen, die in Holland ansässig war.

Mit entsprechendem Netz, Zugseilen und weiterem notwendigem Gerät wäre der Fang machbar. Eine noch nie dagewesene Aktion, die zwar Erfolg versprach, doch auch immense Kosten und großen Aufwand erzeugte. Es galt, weitere Möglichkeiten in Betracht zu ziehen, ohne diese Idee zu verwerfen. Ein Mitarbeiter der Sonderkommission kümmerte sich um die notwendigen Kontakte, der Aufstellung der Kosten und Verfügbarkeit der benötigten Geräte. Der See war abgesperrt und man musste nicht in Hektik zu verfallen.

Bei der Stadt war man ratlos, wie man die Sache in den Griff bekommen, genauer gesagt das Krokodil fangen könnte. Ein Versuch mit einer Krokodilfalle hatte nicht funktioniert. Der angebotene Happen war scheinbar nicht interessant genug, als dass der Alligator sich auf dieses Angebot einließ. Unterwasser-, Horch- und Sichtgeräte brachten auch keinen Erfolg. Einen Taucher hatten sie in einer Gitterbox in den See hinabgelassen. Ausgestattet mit Kamera und einer Harpune. Die Devise hieß nicht mehr, den Alligator lebend zu fangen, sondern nur noch, ihn unschädlich zu machen. Doch dazu mussten sie ihn erst mal aufspüren. Auch dieser Versuch lief ins Leere. Die ersten Zweifler, auch bei Mitarbeitern der Stadt, kamen zu Wort. In Vergessenheit gerieten Schleifspuren und der Verlust eines Hundes.

Den zum wiederholten Male gemachten Aufruf, den See zu meiden und schon gar keine Hunde frei herumlaufen zulassen, befolgten am Ende nicht alle und so verschwanden zwei weitere Hunde. Anders, als beim Verlust des ersten Hundes gab es diesmal auch Anzeigen. Vielleicht würden dann alle Hundebesitzer vernünftig werden. Eine entsprechende Nachricht wurde in der kostenlosen Regionalzeitschrift veröffentlicht, in der Hoffnung, dass nicht nur Hundebesitzer dem See fern blieben.

Die Temperaturen stiegen und immer mehr Menschen wollten an den See. Nicht immer konnten die Wärter es verhindern, dass Uneinsichtige sich es am See gemütlich machten. Einige machten sich einen Spaß daraus, die Aufsicht auszuspielen. Nicht selten waren auch Reporter dabei. Die Knöllchen wurden verteilt, am Andrang änderte sich aber nichts.

Der Monat April war fast zu Ende und noch immer schwamm ein Krokodil, das aber noch keiner gesichtet hatte, im See und war nicht zu fassen. Die Bevölkerung wurde unruhig und die Rufe nach einer Auswechselung der unfähigen Führung bei der Stadt wurden immer lauter. Was die Sonderkommission verstehen konnte. Fast hilflos musste sie sich das gefallen lassen, schließlich griffen alle ihre Maßnahmen nicht. Sei es, dass täglich ein Schleppnetz durch den See gezogen wurde. Dass nachts Suchscheinwerfer den See anleuchteten und Jäger bereitstanden, die bei einer Sichtung auf den Alligator sofort schießen durften.

Das Gebiet rund um den See hatten die Behörden wieder freigegeben. Der See selbst blieb aber gesperrt. Hierzu hatte die Stadt alle zwei Meter eine Eisenstange in den Boden schlagen lassen und daran ein rot/weißes Band befestigt. Die Aufpasser an den Zugangswegen wurden abgezogen. Lediglich eine Ordnungsstreife beließ man vor Ort, die darauf achtete, dass Menschen und Hunde dem See fernblieben.

Immer mehr „selbst ernannte Krokodiljäger" waren am See aufgetaucht. Einige hatten sich einen ledernen Hut besorgt und ein T-Shirt, auf dem „Crocodile Dundee" stand. An großen Angeln hatten sie Fleischbrocken, in denen Widerhaken eingelassen waren, ins Wasser geworfen und machten so Jagd auf das Tier. Das Ordnungsamt verbannte zuerst nur die „Jäger", die keinen Angelschein besaßen. Die anderen durften weiter auf ihr Glück hoffen. Der Rat der

Stadt hatte sich gespalten. Während die Befürworter des Jagdfiebers den Angler „Petri Heil" wünschten, sahen andere eine große Gefahr für diese Menschen und den Besucherstrom, der sich wie eine Traube um jeden Angler bildete. Insgeheim hofften alle, dass einer dieser Crocodile Dundees das Tier fangen würde, damit dieser Albtraum bald ein Ende hatte.

Rund um den See hatten sich indes Fotografen postiert, um den Schnappschuss ihres Lebens zu schießen.

Der angrenzende Parkplatz war durch Hochschranken gesichert, sodass Wohnmobile hier nicht parken konnten. Die Ordnungshüter hatten es jeden Tag mit Falschparkern zu tun, die ihr Fahrzeug direkt an der Völkertafel-Haupt-Straße oder in der angrenzenden Wohngegend abstellten und die schmalen Straßen verstopften. Feuerwehr, Krankenwagen und Müllwagen kamen hier nicht mehr durch. Entsprechend beschäftigt, waren hiesige Abschleppdienste.

Waren es am Anfang mehr als 50 Reporter vor Ort, so war davon nur noch eine Handvoll übrig geblieben, die am See ausharrte. Allgemein schwand das Interesse, je länger das „Ungeheuer" verschwunden blieb. Gäbe es nicht diese

Schleifspur im Sand, die von Experten eindeutig als Krokodilspur bewertet wurde, so müsste man annehmen, dass es überhaupt kein Ungeheuer im See gab.

Es mehrten sich auch Stimmen, die behaupteten, dass alles inszeniert wurde, um dem See und diesem Erholungsgebiet mehr Aufmerksamkeit zu widmen. Hier kam unter anderem auch der Kioskbesitzer in den Fokus. Der hatte in der Zwischenzeit die Bestuhlung mit in seiner Pfandleihe aufgenommen. Sein Umsatz hatte sich vervielfacht und er war einer der Nutznießer am „Grünen See". Die Parkplätze waren an einen Pächter abgetreten, der sich wünschte, er hätte mehr von diesen „Goldenen Stellplätzen". War es Zufall, dass der Pächter ein Bruder eines Ratsherrn war, der für diesen Bezirk zuständig war?

Eisverkäufer auf Rädern drehten beim kleinsten Sonnenschein ihre Runden und machten gute Geschäfte. Händler boten Krokodile in jeglichen Formen, Größen und Materialien an.
Bei allen Aktionen oder Verkäufen hielt die Stadt ihr Steuer- und Gebührentäschchen auf. Damit konnte man die entstandenen Kosten der Suchaktion zwar nicht ausgleichen, sie wurden

aber abgefedert. Die vielen Knöllchen und Beteiligungen an den Abschleppgebühren, trugen dazu bei, dass der Stadtkämmerer ein immer größeres Grinsen auf seinem Gesicht bekam.

Das alles interessierte die beiden Alligatoren nur am Rande. Kroko und Kroki sahen die vielen verlockenden Fleischbrocken im Wasser. Doch sie waren klug genug, diese zu ignorieren.
Sie tauchten in der Tiefe des „Grünen Sees" und waren von oben nicht zu sehen. Sie sahen aus dem Dickicht heraus die Menschen an den Ufern und spürten die Gefahr, die von ihnen ausging, und blieben in der sicheren Tiefe oder schwammen wieder in ihre versteckte Unterkunft. Lediglich im „Silbersee" konnten sie ungestört auf Beutejagd gehen, wenn hier die Ausbeute auch nicht besonders groß war.

Erst in der Nacht kamen sie wieder in den „Grünen See" und sammelten mit ihren gefräßigen Mäulern die Fleischbrocken vom Grunde des Sees auf, die von den erfolglosen Anglern in den See geworfen wurden, bevor sie enttäuscht nach Hause gingen. Kroko und Kroki freuten sich über so viel Futter, ohne dass sie jagen mussten. Es ging ihnen gut, obwohl sie schon längst wussten, dass man Jagd auf sie machte. Schon in einer der nächsten Nächte sollte allerdings alles anders werden.

Ein Angler hatte in der Nacht unwissender Weise seinen Angelplatz direkt neben dem Tunnel eingerichtet, der die beiden Seen verband und der Durchgang beider Seen war und das in der Nacht, in der die beiden Krokodile wieder auf Beutefang gingen.

Joshua Thomson, der aus Australien stammte und sich mit der Jagd auf Krokodile und Alligatoren auskannte, konnte dem erfolglosen Bestreben, das Krokodil aus dem See zu fischen, nicht länger tatenlos zusehen. Er wohnte in Ratingen und bekam mit, wie schwer sich die hiesige Behörde mit dem Einfangen des Alligators tat.

„Ein Krokodil zu fangen, das ist doch nichts Besonderes, da werde ich mich mal bemühen müssen", teilte er seiner Frau mit und traf einige Vorbereitungen. Nicht ganz glücklich über seinen Entschluss akzeptierte sie jedoch sein Vorgehen. Das kannte sie aus ihrem Heimatland zur Genüge, denn auch Patricia stammte aus Australien. Ihre Mutter hatte immer Angst um ihren Mann, wenn er mal wieder auf Jagd ging. Genützt hat das nichts, ein Aufhalten war nicht möglich, denn die Jagd war in dem Känguruland nichts Besonderes und gehörte in dem Gebiet rund um den Mc Kinlay-River fast zum täglichen Geschäft. Zumindest zum erstrebenswerten Erlebnis, wenn man in der Gegend anerkannt werden wollte. So lernte er das Fangen und Erlegen von diesen „Eidechsen" von seinem Vater. Bei einer der anschließenden Feiern lernte Joshua seine Frau kennen und lieben.

Joshuas Technik bestand darin, nicht nur ein Stück Fleisch anzubieten, sondern den Krokodilhappen vorher in einer Schüssel mit Seewasser und Bodenalgen einzulegen und drei Tage einzuweichen. Das war der Köder, dem kaum ein Krokodil widerstehen konnte. Der Modergeruch wurde von den feinen Nasen jedes Schnappers aufgenommen.

Seinen Anglerstuhl hatte er ein wenig in den Boden eingegraben. Um den Bauch hatte er einen Gurt gebunden, an dem die Angel mit einem Karabinerhaken befestigt war.
So hatte er mit den Händen und dem Körper genug Kraft, um das Krokodil zu halten und gar

auf das Land zu ziehen. Eine Anglermethode, wie sie in seinem Heimatland weitverbreitet, war. Soweit die Theorie des schlauen Anglers.

Die Praxis sollte anders aussehen.
Denn der Krokodiljäger hatte nicht bedacht, dass er auf dem Boot in Australien nicht einfach nur auf einem Stuhl saß, sondern dass der am Schiffsboden befestigt und der Angler durch einen doppelreihigen Sicherheitsgurt angeschnallt war.

Der Krokodiljäger aus dem Land der Aborigines kauerte nun schon die halbe Nacht auf seinem Stuhl. Die mitgebrachte Kaffeekanne war leer und das Stück Schinken hatte er Schnitt für Schnitt vertilgt. Seine Butterbrotdose zeigte gähnende Leere, und gähnend saß Thomson auf seinem Stuhl, denn die Müdigkeit holte ihn langsam ein. Es war bereits drei Uhr, so langsam fing er an zu zweifeln, dass es hier genauso ablaufen würde, wie in den Weiten von Australien, wo er auf diese Weise schon einige Alligatoren erlegt hatte.

Den Ruck bekam er kaum mit, da war er auch schon im Wasser und wurde in die Tiefe gezogen. Nach dem Schreck kam die Erkenntnis, was passiert war. Sein Köder war erfolgreich. Die

Lage, in der er sich befand, ließ jedoch keine wirkliche Freude darüber aufkommen.

Er hatte die Angel losgelassen, merkte aber, dass die an dem Gurt zerrte und er die besser loswerden sollte. Also nahm er die wieder in die Hände und wollte sie an sich heranziehen, um sie dann von seinem Bauch zu lösen.

Der kräftige Zug des Tieres, das seinen Köder geschnappt hatte, zog so sehr an der Angel, dass er es nicht schaffte, den Karabinerhaken zu öffnen.

Das Messer, nimm dein Messer und schneide dich los. Der Griff an das rechte untere Hosenbein, wo sonst sein Kampfmesser steckte, damit er sich von der Angel losschneiden konnte, ging ins Leere.

Das Messer steckte im Boden neben seinem Stuhl. Er hatte vergessen, es nach der letzten Mahlzeit zurückzustecken. Ein tödlicher Fehler, wie er immer stärker feststellen musste. Ideen mussten her, und zwar schnell.

Nun versuchte er, den Bauchgurt zu lösen. Doch auch hier wirkte sich der Zug aus, den das Krokodil ausübte. So ging es also auch nicht, während er immer tiefer in den See gezogen wurde.

Anstelle an der Angel zu ziehen, spulte er jetzt das Seil auf und kam damit dem Krokodil näher. Sein neuer Plan war jetzt, dass er die Schwanzflosse des Tieres erreichte und die dann mit der Faust attackierte. Eine Methode, die er bei der Ausbildung von seinem Vater erlernt hatte.

„Wenn es brenzlich wird, schlag auf ihren Schwanz, das erschreckt sie und sie lassen die Beute los." Gemeint war, wenn ein Krokodil oder Alligator mal ein Bein erwischte.

Durch das trübe Wasser sah Joshua nicht, wie weit oder nah er dem Tier, Krokodil oder Alligator, war. Er spulte weiter, spulte um sein Leben. Erst jetzt merkte er, dass die Spannung des Seils nachließ. Jetzt versuchte er erneut, den Bauchgurt zu lösen.

Der Druck auf seinen Körper wurde immer größer, je tiefer er gezogen wurde. Dann platzen seine Trommelfelle und der Brustkorb wurde zusammengedrückt. Er musste zurück an die Oberfläche, musste atmen! Schnell! Bevor es zu spät war.

Joshua drohte ohnmächtig zu werden, da sah er seine Frau in einem weißen Kleid, die ihn zu sich rief. „Joshua, komm zu mir. Lass mich nicht allein. Kämpfe. Komm, kämpfe."

Noch einmal bäumte er sich dem drohenden Tode entgegen und schaffte es, endlich den Gurt zu lösen.

Sofort ruderte er mit den Armen und versuchte, nach oben zu kommen. Schon nach ein paar Sekunden ließ der Druck auf seiner Brust nach. Luft, er benötigte dringend Luft, musste atmen. In seiner Lunge war nur noch Kohlendioxid. Da der Druck auf seiner Lunge weiter nachließ, konnte er von der verbrauchten Luft etwas herauslassen, ohne dass die Lunge zerdrückt wurde. So wurde der Druck noch geringer und Joshua trieb der Oberfläche entgegen. Er schaffte es nicht, nach oben zu schauen, sah aber verschwommen, dass es heller um ihn herum wurde. Ein Zeichen, dass er durch den natürlichen Auftrieb der Wasseroberfläche und der mehr als dringend benötigten Luft, ihr näher kam. Hoffnung keimte auf, dass er es doch noch schaffen könnte, als er einen stechenden Schmerz an seinem linken Bein verspürte. Sofort färbte sich das Wasser um ihn herum rot und er bemerkte noch, dass er wieder nach unten gezogen wurde. Dann wurde es Nacht um Joshua. Dass er wieder in Richtung Tiefe gezogen wurde, bekam er nicht mehr mit. Auch nicht, dass sich seine Lunge mit Wasser füllte und die verbrauchte Luft aus seinem Körper gepresst wurde.

Die Krokodildame hatte den Geruch von modernem Fleisch aufgenommen, als sie im Wasser des sicheren Unterholzes ihres Lagerplatzes lag. Ihre empfindlichen Dom-Druck-Rezeptoren meldeten zudem Bewegungen im Wasser. Kroki machte sich auf den Weg zu ihrer Wahrnehmung. Dabei schwamm sie in den Tunnel in Richtung „Grüner See", da Geruch und Bewegung aus dem See kamen, der auch Gefahr in sich barg. Als sie aus dem Tunnel kam, sah sie direkt vor ihrem Maul den leckeren Fleischhappen. Aber auch, dass der an einem Seil befestigt war. So viel hatten die beiden schon gelernt, diesen Happen zu verschlingen bedeuteten nichts Gutes.

Kroki erinnerte sich an Sascha, der ihnen mit einer Angel große Fleischstücke anreichte, die er dann aber immer zurückzog, wenn sie zuschnappen wollten. Sie wusste also, dass ein Mensch am anderen Ende dieses Seils war. Gefahr drohte und Vorsicht war geboten.

Kroki schwamm um den Fleischbrocken herum und entschied sich richtigerweise, ihn nicht sofort zu fressen, sondern erst in die Tiefe zu ziehen. Weg vom Menschen. Sie schwamm circa 2 m weg von der schmackhaften Beute, um dann mit hoher Geschwindigkeit den Happen zu schnappen und in die Tiefe abzutauchen.

Kroki zog ihre Beute nach unten. Dass sie dabei auch einen Menschen mit in die Tiefe zog, war ihr nicht bewusst. Tiefe, sie wollte in die Tiefe, um ihre Beute zu sichern. Ein angeborener Instinkt, der sich in der Natur bewährt hatte, da die meisten Beutetiere im Wasser nicht atmen konnten und so ihr Tod besiegelt war.

Sie spürte erst kurze Zeit später einen Gegenzug, dem sie aber mit kräftigen Ruderbewegungen ihres Schwanzes problemlos entgegensteuern konnte. Es dauerte nicht lange und die Gegenwehr, die sie gespürt hatte, wurde schwächer. Kurz nachdem sie die Beute geschnappt hatte, gab sie ihrem Partner grunzende, laute Signale, dass er ihr helfen sollte.

Kroko, der sich im „Silbersee" aufhielt, hatte die schnellen Schwanzbewegungen von Kroki schon bemerkt und nach dem Rufen von ihr machte er sich sofort auf den Weg, um Kroki zu helfen.

Er orientierte sich anhand der Bewegungen, die er im Wasser spürte. So fand er schnell seine Partnerin. Es sah einen Körper, der sich nach oben bewegte. Schnell schnappe Kroko zu.

Er hatte sich in das Bein des Mannes verbissen und während er mit kräftigen Schwanzbewegungen sich nach unten bewegte, drehte er sich im Wasser. Ziehend und beißend schaffte er es, das Bein abzureißen. Kurz stieg der leblose Körper von dem Angler wieder in Richtung Oberfläche. Doch nicht lange, da wurde sein Körper erneut gepackt.

Kroki hatte derweil den Happen losgelassen und versuchte nun ebenfalls, sich ein Stück von der größeren Beute abzureißen. Allmählich wurde der Angler zerstückelt und in Einzelteilen in den Tunnel und zu ihrem Liegeplatz transportiert. Der Rest vom Körper des Anglers versuchte immer wieder, auf natürliche Weise nach oben zu schweben, sobald keiner der beiden an ihm herumriss. Kroko und Kroki zogen ihn dann immer wieder nach unten und in Richtung des Tunnels.

So fand der ungleiche Kampf im Verborgenen statt. Dass der See an einer Stelle rötlich gefärbt wurde, blieb ein Geheimnis der Nacht.

Erst als sie Joshua fast komplett zerlegt und die Krokodile ihn stückweise zu ihrer Futtersammelstelle gezogen hatten, beendeten sie die Jagd.

Ein kleiner Teil vom Torso und sein Kopf blieb übrig und wippten nun an der Wasseroberfläche. Zuerst verheddderte sich der „Körper" im Gestrüpp des nahen Ufers des Sees, dort, wo der Rest von Joshua aufgetaucht war. Langsam, nur sehr, sehr langsam bewegte sich der Torso im seichten Wasser. Die leichte Strömung zog ihn aus dem Dickicht heraus auf den See und dann in Richtung des anderen Ufers.

Die aufgehende Sonne zeigte ein grausliches Bild. Einen Restkörper, dem die Arme und Beine fehlten. Einen Körper, der durch abgebissene Fleischstücke zerstückelt und kaum mehr vorhanden war. Lediglich der Kopf war unversehrt. Mit ungläubigen, weit aufgerissenen Augen, wippte der Kopf und der „Futterrest" in den Wellen des Sees.

Die Angel und der daran befestigte Fleischbrocken trieben ebenfalls an der Oberfläche vom See. Den Köder von Joshua hatte Kroki vergessen, angesichts der reichhaltigen Beute kein wirklicher Verlust.

Die frühen Besucher des „Grünen Sees" sahen zuerst nur, dass etwas auf dem See trieb, was sie aber nicht erkannten. Erst beim genaueren Hinsehen sahen sie die abscheulich zugerichteten menschlichen Körperteile und riefen nach dem Ordnungshüter, der immer noch seine Runden drehte. Andere riefen per Handy die Feuerwehr und einer, warum auch immer, rief um Hilfe. Zu helfen war dem, der auf dem Wasser trieb, bestimmt nicht mehr.

Die Feuerwehr traf ein und mit einem Boot wurden die Leichenteile geborgen. Selbst den hart gesottenen Wehrmännern wurde anders zumute, als sie den Rest eines Menschen in das Boot ziehen mussten. Die Bilder werden ihnen wohl unvergesslich bleiben. Seelsorger wurden hinzugezogen, die sich um die Personen kümmerten, die den zerfressenen Körper gesichtet hatten, und um diejenigen, die ihn bergen mussten. Die Polizisten kamen jedoch nicht umhin, die Personalien und die ersten Zeugenaussagen aufzunehmen.

Joshuas Angel mit dem Fleischstück wurde kurze Zeit später ebenfalls sichergestellt und so war schnell klar, dass es sich bei der Leiche um den Besitzer dieses Sportgerätes handeln musste.

Die Polizei hatte viele Kräfte zusammengezogen und sämtliche Zugänge zum See abgesperrt. Alle anwesenden Besucher wurden aufgefordert, den See unverzüglich zu verlassen. Da es noch früh am Morgen war, hielt sich die Menschenmenge in Grenzen und das Seegelände war entsprechend schnell geräumt.
Die Ratinger Kripo vom KK 22 waren ebenso schnell vor Ort, wie die Spurensicherung vom Kreis Mettmann. Die Leitung hatte Polizeihauptkommissar Weil übernommen, der die ersten Ermittlungen einleitete.

Das gesamte Ufer des Sees wurde Stück für Stück abgesucht, dabei fand man den Anglerstuhl und den Rucksack des Mannes. Dass es sich bei dem Toten um einen Mann handelte, schlossen sie aus dem Aussehen des Kopfes, der einen Schnauzbart trug.

In dem Rucksack befanden sich die Papiere des Mannes und so konnte er vollends identifiziert werden. Wie offensichtlich zu sehen, stellte der anwesende Arzt den Tod des Mannes fest. Aufgrund der Art der Verletzungen am Rest des Körpers und im Gesicht wurden Fachleute vom Aquazoo hinzugezogen. Auch ein Tierspezialist aus Düsseldorf-Derendorf, der eine Reptilien-Praxis betreibt, wurde angefordert. Nachdem die Anwesenden sich darauf geeinigt hatten, dass hier ein Alligator oder so etwas Ähnliches, sein Unwesen trieb, wurde die Leiche, oder was davon noch übrig war, in die Uni-Klinik Düsseldorf zur weiteren Untersuchung gebracht.

Zwei Beamte machten sich auf, darunter ein erfahrener Kommissar, der schon mehrere Todesnachrichten überbracht hatte, Frau Thomson die traurige Nachricht zu überbringen. Dabei war ihnen nicht klar, wie sie ihr die Todesursache erklären sollten.

Nach dem Öffnen der Türe und in die Gesichter der beiden Männer schauend, wusste Frau Thomson, dass etwas Schreckliches geschehen sein musste. Mehr als einmal hatte sie in

Australien Angst vor diesem nun Wirklichkeit gewordenen Moment gehabt.

Obwohl gefasst, verließen sie die Kräfte und die beiden Beamten konnten sie gerade noch auffangen und im Wohnzimmer auf eine Couch legen. Der herbeigerufene Notarzt war denn auch schnell zur Stelle und kümmerte sich um sie. Der Arzt forderte einen Seelsorger an, der sich der Frau annehmen sollte.

Frau Thomson erfuhr in dessen Beisein die Umstände, die wahrscheinlich zum Tod ihres Mannes führten. Die Anwesenden waren mehr als erstaunt, als sie von der Frau erfuhren, dass sie schon eine schlimme Ahnung hatte, als ihr Mann Joshua heute Morgen nicht nach Hause kam.

In der weiteren Vernehmung, dass der Kripobeamte der Frau nicht ersparen konnte, erfuhren sie, dass ihr Mann bewusst auf die Jagd nach dem Krokodil gegangen sei und die davon ausgehende Gefahr kannte. Sie gab einen kurzen Bericht über ihr Leben in Australien und verneinte die weitere Notwendigkeit von Arzt und Seelsorger. Die Polizisten wiesen die Frau darauf hin, dass sie noch einen Termin bekommen würde, um ihre Aussagen im Revier zu wiederholen. Frau Thomson bekam eine Visitenkarte mit der Bitte, sollte ihr noch was einfallen, sich dort zu melden. Sie nahm die Karte, legte sie auf den Tisch und hatte sie dann auch schon wieder vergessen.

Beamte, Arzt und Seelsorger verließen das Haus und hörten ein Wehklagen. Sie wussten, hier wurde jemand verlassen, der nun allein in einem fremden Land lebt.

Noch in den Morgenstunden überschlugen sich die Nachrichten über die Ereignisse am „Grünen See". Das „Grüne Seemonster" war in aller Munde. Der Alligator wuchs zu jeder Stunde und war mittags schon mehr als 10 m lang. Wie die Größe, so wuchs auch die Zahl derer, die dieses Reptil schon gefressen hatte. Die Vermissten-anzeigen sollten überprüft werden und alle Hundebesitzer sollten sich melden, die ihre Hunde vermissten.

Nicht nur aus Ratingen kamen Reporter, um wieder einmal die Story ihres Lebens schreiben zu können oder das alles entscheidende Foto zu schießen. Die Polizei und Sicherungskräfte hatten Mühe, die Gruppe von Journalisten vom See fernzuhalten. Hunderte Menschen hatten die gleiche Idee und wollten ebenfalls in die Nähe des Sees, um ihre Neugier zu befriedigen. Auf sämtlichen Zufahrtsstraßen staute sich der Verkehr, sodass die Polizei auch im weiteren Umfeld Straßensperren errichten musste. Busse mussten umgeleitet und die Fahrer der Pkws wurden von den Beamten aufgefordert, umzudrehen.

Gegen Mittag wurde der Notstand ausgerufen und polizeiliche Unterstützung vom Land angefordert. Mit Wagen und Lautsprecher wurden die Leute aufgefordert, wieder nach Hause zu fahren. Der Würstchenwagen wurde genauso wie der Eiswagen abgehalten, in die Nähe vom See zu kommen. Diesmal sollte es keine „Kirmes" geben.

Die Ratinger Kripo ermittelte, weil der Vorwurf von fahrlässiger Tötung im Raum stand. Wer auch immer den Alligator ausgesetzt hatte, der muss gewusst haben, dass es sich bei diesem Tier um ein sehr gefährliches Reptil handelte. Ein Raubtier, welches Menschen und andere Tiere töten kann, und nun auch getötet hatte.

„Wir haben hier ein wirklich schweres Problem", war nun die Meinung des Stadtoberhauptes, der die Geschehnisse nun zur Chefsache erklärte. Sicherlich auch, weil nach dem ersten Hinweis auf ein Reptil er die Angelegenheit zu lasch behandelt hatte. Das sollte nicht ein zweites Mal passieren.

Dass der Oberbürgermeister die Sache in die Hand nahm, mag ja gut sein, doch damit war das Problem nicht gelöst. Im Gegenteil, nach dem Motto, viele Köche verderben den Brei. Nun benötigten die Einsatzkräfte für jede Maßnahme eine Genehmigung von oberster Stelle, was wiederum Zeit in Anspruch nahm, die man aber nicht hatte. Allerdings war er froh, dass angesichts der Schwere des Falls, die Kripo die erforderlichen Maßnahmen koordinierte. In Zusammenarbeit mit dem Einsatzleiter der Feuerwehr machten sie dem Oberhaupt der Stadt klar, dass die Sache an das Land überstellt werden sollte, da es sich hier um ein Problem handelte, das die hiesige Feuerwehr nicht wirklich lösen konnte.

Einen Alligator aus einem See zu fangen, bedarf besondere Maßnahmen, die nur von Fachleuten ausgeführt werden konnten, ohne weitere Opfer zu beklagen. Der Aquazoo und die Feuerwehr leiteten entsprechende Maßnahmen ein, die weit über die Stadt hinausgingen.

Nicht nur aus den Medien erfuhr Sascha, was am See geschehen war. Auch Elvira bekam mit, was da los war. Am Abend gab es darüber eine heftige Diskussion. Elvira warf Sascha vor, die Tiere nicht wie angesagt zu einem Lego gebracht, sondern sie im See ausgesetzt zu haben. Nun gäbe es einen Toten, den er durch das Aussetzen der Tiere heraufbeschworen hätte. Ihm sollte klar sein, dass er große Schuld auf sich geladen hat und er dafür einstehen müsste.

Sascha verteidigte seine Maßnahme damit, dass er die Tiere nirgendwo hätte abgeben können, ohne eine Strafe zu bekommen, da er die Krokodile und auch einige andere Tiere ohne Genehmigung gehalten hat. Außerdem habe sie ihn so sehr gedrängt, dass er keine andere Lösung sah, als den See und das Tierheim.
„Ach, jetzt bin ich diejenige, die Schuld hat? Nee, mein Lieber, das musst du dir selbst auf die Fahne schreiben, da hätten wir beide sicherlich eine bessere Lösung gefunden."

Nach einem langen Abend und drei Flaschen Wein, waren die beiden sich einig, Fehler gemacht zu haben. Sascha sah ein, dass er vorschnell gehandelt hatte und die Tiere von einem Fachmann hätte abholen lassen sollen. Die

Strafe für ungenehmigte Haltung von Exoten wäre sicherlich erträglich gewesen. Zumal Elvira ihn da finanziell unterstützt hätte. Jetzt sah die Sache allerdings etwas anders aus. Der Tod des Anglers änderte alles.

Elvira sah ein, dass sie ihn zu sehr unter Druck gesetzt hatte, da sie den Keller ja geistig schon umgebaut und Sascha deshalb nicht viel Zeit blieb zu handeln.

Dass der Tote selbst schuld war an seinem Tod, da er sich unerlaubterweise auf die Jagd nach dem „Grünen Seeungeheuer" gemacht hatte, machte die Sache zwar nicht ungeschehen, doch gedanklich erträglicher für die beiden.
Sie einigten sich darauf, nichts zu unternehmen, da die Stadt ja alles eingeleitet hatte, um das Ungeheuer zu fangen. Warum sich also selbst anzeigen, wenn man an dem Geschehenen nichts mehr ändern konnte. Dadurch würde der Jäger auch nicht wieder lebendig.

Elvira drängte Sascha dazu, der Polizei und Feuerwehr genaue Hinweise zu geben, um was es sich bei dem „Ungeheuer" handelt und dass sie nach zwei von diesen „Urtierchen" suchen müssen.

Sascha sah ein, dass er sehr viel falsch gemacht hatte. Um nicht noch größeren Schaden anzurichten, setzte er sich an den Schreibtisch und verfasste einen Brief, in dem er alle Fakten der beiden Tiere aufzeigte. Er beschrieb ihre Art, Größe, Alter und die Stelle, an der er die beiden ausgesetzt hatte, und weitere Details. Er äußerte in dem Brief auch sein Bedauern über den Tod des Mannes und dass er die Tiere ja im „Silbersee" ausgesetzt hatte, weil da eher keine Besucher zu erwarten waren. Wieso die beiden im „Grünen See" jagen würden, konnte er deshalb nicht verstehen.

Er verschwieg jedoch seine Identität. Ohne Absender landete der Brief im Briefkasten auf der Poststraße, direkt vor der Poststelle in der Innenstadt. Den Briefkasten in seinem Wohnviertel mied er, es schien ihm zu gefährlich. Zu leicht könnte man dann Rückschlüsse auf den Wohnort des verantwortungslosen Züchters schließen. Da er bei der „Aussetzung" Handschuhe trug, könnte die Polizei, wenn sie den Abladeplatz untersuchten, dort keine Fingerabdrücke von ihm finden. Sicher ist sicher. Schließlich sah er des Öfteren die Tatort-Krimis im Fernsehen.

War sich Sascha da schon der Schwere der Schuld, die er auf sich geladen hatte, bewusst?

Der Brief mit der Aufschrift „Wichtig" wurde auf der Polizeidienststelle Ratingen, auf der Josef-Schappestraße, sofort nach dem Eintreffen geöffnet. Das, was man zu lesen bekam, schien unglaublich und versetzte die Beamten in Sprachlosigkeit.

In dem Schriftstück wurde ihnen mitgeteilt, dass es sich um zwei dieser gefährlichen Tiere handelte, und dass sie zur Gattung der Alligatoren gehörten. PHK Weil und die Einsatzkräfte vor Ort wurden über die geänderte Lage informiert und die Vorsichtsmaßnahmen daraufhin noch mal verstärkt.

Das Tauchboot mit dem Namen „Jago" traf schon drei Tage nach der Anforderung ein.

Normalerweise ist die „Jago" am Helmholtz-Zentrum für Ozeanforschung in Kiel stationiert und es hat den Verantwortlichen des Aquazoo einiges an Überredungskunst gekostet, dass das U-Boot zur Verfügung gestellt wurde, um Alligatoren zu jagen. Die Stadt und das Land hatten die Mittel dazu freigemacht, um diese Möglichkeit der Jagd zu finanzieren.

Mit einem Mobilkran wurde das Einmann-U-Boot zu Wasser gelassen. Ein Kompressor lieferte über Schläuche den Strom, ein anderer den Sauerstoff und ein Kabel sorgte für die notwendige Verständigung. Das Boot war mit zwei Roboterarmen ausgestattet, die nun mit einer Harpune und einer Ente bestückt waren. Das Tier hatte man extra für die Jagd am See erlegt. Enten, so schien es, waren ihre Lieblingsspeise.

So machte sich das U-Boot samt Taucher auf den Weg in die Tiefe.

Kroko bemerkte die Unruhe im See. Das Geräusch, was er dabei wahrnahm, war ihm unbekannt. Was wiederum Gefahr bedeuten konnte. Mit Grunzlauten und Schwanzbewegungen teilte er Kroki seine Wahrnehmungen mit. Sie ließ sich ins Wasser gleiten und konnte so die Geräusche und Wasserbewegungen selbst spüren.

Sie beschlossen vorsichtig, die Ursache zu ergründen und schwammen durch den Tunnel in den „Grünen See". Sie sahen etwas Großes, Unbekanntes, das dieses ungewohnte Geräusch erzeugte. Dieses Ding hatte zwei Lichter, die sich im Wasser hin und her bewegten. Ganz kurz wurde Kroki von einem Lichtstrahl erfasst. Die beiden suchten in der Flucht ihr Heil. Dabei schwammen sie direkt auf den Tunnel zu und verschwanden aus dem „Grünen See".

Obwohl das U-Boot sehr wendig ist, schaffte es der Mann im Boot nicht, den beiden Krokodilen zu folgen. Seine Beobachtungen teilte er den Leuten oben am See mit. Die dadurch erzeugte Aufregung war groß. War man zum einen glücklich, dass die Tiere leibhaftig gesichtet wurden, zum anderen aber auch verwundert, wie lange die beiden großen Tiere unentdeckt bleiben konnten.

Nachdem „Jago" den gesamten See abgesucht hatte, die beiden jedoch wie vom Erdboden verschwunden blieben, gab der Taucher Signal, dass man ihn samt dem U-Boot herausholen sollte. Das Boot tauchte auf und wurde mittels des Krans wieder an Land gehoben. Der Taucher erzählte von seinen Beobachtungen. Obwohl er gewusst hatte, wonach er Ausschau halten sollte, erschrak er dennoch, als er erst das eine und kurz dahinter das zweite Krokodil sichtete. An ein Betätigen der Harpune war nicht zu denken, viel zu schnell schossen die beiden Alligatoren durch das Wasser. Eine Verfolgung war deshalb ebenfalls nicht möglich gewesen.

Nach den Hinweisen des Tauchers überlegte das Team, was zu tun sei, um eine erfolgreiche Jagd zu starten. Mit dem Boot eines oder gar beide Krokodile zu verfolgen und mit der Harpune zu erledigen, schien aussichtslos. Nein, das würde keinen Erfolg bringen, den müsste man aber bald erzielen. Zu lange trieben die „Ungeheuer" schon ihr Unwesen und die Stadt kam mehr als nur unter Druck.

Da der Fall nun Ländersache war, wurde Hauptkommissar Biesenbach aus Düsseldorf, dem Sonderkommando in Ratingen zugewiesen. Es war eher Zufall, dass er auch in dem Vorgang eines Tierheims in Düsseldorf-Rath, involviert war, in dem es um gefährliche Reptilien ging, die dort entsorgt wurden.
Dass Herr Hauptkommissar Biesenbach allerdings direkt als Einsatzleiter der Sonderkommission, kurz Soko genannt, eingesetzt wurde, passte den Kollegen aus Ratingen überhaupt nicht.
Landeshauptstadtnovum, wir sind ja nur Vorort.
Dass er dem Fall, oder der Soko, nun auch einen Namen gab, belächelten die meisten.

„Wir ermitteln unter dem Namen ‚Kroko‘, da weiß dann auch direkt jeder, um was es sich handelt."

Dass niemand seinen Lacher teilte, ignorierte Biesenbach.

Die Ermittlungsgruppe bestand aus zwei Polizeihauptkommissaren (PHK), zwei Beamten und einer angehenden Kommissarin. Natürlich bekommen alle Kripostellen Informationen aus dem Umfeld. Wenn dann noch bestimmte Gegebenheiten zusammenpassen, arbeiten die Kommissariate kooperativ. Biesenbachs Chef ist noch einer der Sorte Behördenleiter, die glauben, die „Vorort-Kommissare", also Beamte in den Randstädten, könnten ohne die Hilfe der Landeshauptstadt nicht aufs Klo gehen, geschweige denn einen Fall lösen. In diese Kerbe schlug auch Biesenbach.

Wir, die Stadt, wir, die Erfahrenen, alle anderen sind da, um unseren Rat zu befolgen oder uns zu dienen!

In diesem Fall war es PHK Weil, der einen Zusammenhang der Fälle „Grüner See" und Oberrather Tierheim sah.

Biesenbach ging vorerst nicht weiter darauf ein, schließlich ging es da nur um einige Reptilien. Dass er sich damit befassen musste, war schon schlimm genug.

In dem kleinen Polizeigebäude in Ratingen Ost, es liegt in der Nähe der S-Bahn-Station, fand man keinen passenden Raum, um ihn mit Flipchart, Rechner und sonstigem Recherchematerial und Platz für fünf Personen unterzubringen. Solche Räume standen in der Zentrale in Mettmann zur Verfügung, doch das war Biesenbach zu weit weg vom Geschehen.

Kurzerhand wurde der Schulungsraum von PKH Biesenbach „beschlagnahmt" und die erste Sitzung für den „Krokofall" einberufen.

„Meine Damen und Herren", wobei ihm das Wort Damen schwerfiel, „als Leiter der Soko würde ich Ihnen gerne mein Konzept vorstellen, wie wir den Täter fassen und damit den Fall „Kroko" am schnellsten lösen könnten."

An der Tafel erklärte er nun die Punkte, die abgearbeitet werden müssten. Darunter die Auswertung der Spurensicherung und die Liste der Informationslücken, die geschlossen werden müssten. Als Informationslücken bezeichnete Biesenbach die Unwissenheit über den Verkauf der Leinensäcke, die Herkunft der Alligatoren, deren Unterbringung vor dem Aussetzen. Er wollte wissen, was man für eine solche Reptilienhaltung benötigt, kaufen muss und wo.

Sein Fragenkomplex erstreckte sich über alle Möglichkeiten, die eine Haltung und darüber hinaus eine besondere Exotenzucht beinhaltete. Um diesen Block abzuarbeiten, benötigte er eine Hundertschaft oder einen Zeitraum von einem Jahr oder länger. Darüber dachte der Kommissar jedoch nicht nach. Er wollte Antworten.

In seiner beschaulichen Art stellte er als Erstes die junge Beamtin dazu ab, bei jeder Zoohandlung, mit Exoten, abzufragen, ob sie entsprechende Exoten verkauft hätten? Schnell wurde klar, dass zu den Tieren, bei denen es nicht erlaubt war, sie zu verkaufen, unzählige Fragen aufkamen. In Ratingen konnte die Beamtin die zoologischen Geschäfte noch persönlich aufsuchen, um die Fragen zu stellen. Dabei beobachtete sie den Verkäufer genau, ob ihm diese Art von Fragen über den Verkauf von illegalen Exoten unangenehm war, oder er sich in Widersprüche verfing. In den großen Filialen einer Zoo-Kette gab man ihr den Hinweis, dass bei ihnen jeder Verkauf von Exoten nur mit den erforderlichen Papieren möglich wäre. Was sich durch einige Stichproben durch die Beamten auch bestätigte. In den kleineren Läden gab es Verkaufsbücher. Wirklich feststellen, ob es hier Abweichungen der Legalität gab, konnte sie nicht. Für den

Düsseldorfer-Raum, hier allein gibt es über 2.000 Läden, die mit Tieren handelten, bekam sie von der Landespolizei Unterstützung, obwohl auch der Soko klar war, dass kein Händler sich selbst anzeigt. Eine in sich schon sinnlose Befragung, ergab dann auch keine Hinweise, die weiterhelfen konnte.

Natürlich hatten alle ermittelten Käufer eine Bescheinigung, dass sie diese Tiere halten dürfen. Verkäufe von verbotenem, also illegalem Handel mit Exoten gab es bei keinem der Händler. 20.000 Läden, allein nur in Deutschland, handeln mit Exoten. Hinzu kommen die Online-Märkte. Viele Käufer bedienten sich auch in den Beneluxländern mit Exoten. Schon nach kurzer Zeit stellte sie die Nachforschungen ein. Wissend, dass dem Kommissar aus Düsseldorf dies nicht gefallen würde. Angesichts der Bandbreite, die auch Biesenbach nicht ignorieren könnte, sah sie dem aber gelassen entgegen. Zumal sie Rückendeckung ihres direkten Vorgesetzten Hauptkommissar Weil hatte. Der die ganze Befragung von Anfang an für sinnlos hielt.

Den Hinweis, eines Händlers, sich doch an den Verband der Terrarianer zu wenden, um dort zu erfahren, wer Krokodile sein Eigen nennt, nahm sie aber dankend auf.

Einen Polizisten setzte Biesenbach ein, um Befragungen vor Ort zu starten. Da er nur den einen für diese Arbeit einsetzen konnte, beschränkte er sich anfangs mit der Befragung auf Anwohner, die direkt am See wohnten.

In Düsseldorf hätte er sicherlich eine viel größere Unterstützung gefunden als im Vorort Ratingen. Ohne seine Hundertschaften kann der Tötungsfall ja nicht gelöst werden, war denn seine Meinung, die er aber nicht äußerte.

Der Ratinger Hauptkommissar Weil übernahm die Aufgabe der Auswertung, die sich aus den Hinweisen, die die Spurensicherung geliefert hatte, ergab. So kamen sich die beiden nicht ins Gehege, denn nicht alles, was Biesenbach anordnete, gefiel dem Ratinger Beamten. Besonders sein „Anordnungston" erzeugte inneren Widerstand. Es fehlte in seinen Augen an Bereitschaft, seine Befehle zu befolgen und, viel wichtiger, sie auch zu erledigen.

Der Düsseldorfer Kriminalist sah sich als übergeordnet an, da er nach seiner Meinung noch andere wichtigere Fälle zu lösen hatte. Dabei ging es um einen Mord an ein Bandenmitglied einer bedeutenden Rockergruppe. Nicht weniger wichtig war der Überfall auf ein Juweliergeschäft, bei dem der Besitzer erschossen wurde. Das Geschäft lag auf der Prachtmeile der Stadt und somit im Interesse der dort Ansässigen, dass der Fall schnellstmöglich aufgeklärt werden sollte. Beim Team am „Grünen See" war man sich einig, „Jago" erneut einzusetzen, um diesmal mit ihm zu erforschen, wo es eine Verbindung zwischen den beiden Seen gab. Man glaubte der schriftlichen Aussage des Täters und die Untersuchungen am „Silbersee" hatten dies bestätigt. Die Stelle, an der die beiden Krokodile ausgesetzt wurden, war von der eingesetzten Suchmannschaft gefunden worden. Da es überirdisch keine Hinweise auf eine Krokodilwanderung gab, konnte der Zugang zum „Schwestersee" konnte nur unterirdisch sein.

Die Spurensicherung musste erneut her, um die Stelle, an denen die Tiere ausgesetzt wurden, auf Hinweise zu untersuchen, die zum Täter führen könnte. Zumindest in dieser Sache war er den Kollegen in Ratingen etwas voraus. Er kannte die besten „Spürnasen" bei der Spurensicherung in Düsseldorf, die er dann auch anforderte und deren Genehmigung nur eine Formsache war. Das Team machte sich denn auch sofort an die Arbeit. Bestimmt waren durch die

Witterungsverhältnisse in der letzten Zeit viele, der wertvollen Spuren verwischt oder verloren gegangen, doch das, was noch da war, das werden sie finden und auswerten. Da war Biesenbach sich sicher.

Jeder abgeknickte Ast wurde genauestens untersucht. Die Schleifspuren der Transportsäcke und die Fußabdrücke wurden durch Gipsabdrücke festgehalten. Jedes Blatt am Boden wurde gewendet, gab es darunter vielleicht den entscheidenden Hinweis auf den Täter? Denn für die Beamten war der Tieraussetzer ein Täter. Ein verantwortungslos handelnder Mensch, der ein Menschenleben auf dem Gewissen hatte. Den kleinen Anglerstuhl, den sie, leicht versteckt, im Gebüsch fanden, nahmen sie für weitere Untersuchungen mit.

Schon unmittelbar nach dem Tauchen des U-Bootes entdeckte der Bootsführer den Eingang zum Tunnel. Mit einem Durchmesser von einem Meter groß genug, dass hier ein Krokodil bequem zum „Silbersee" durchschwimmen konnte. Sie hatten entdeckt, warum die Suche im „Grünen

See" stets erfolglos blieb. Jetzt hieß es, diesen Zustand zu ändern.

Die Jagd konnte beginnen.

Das U-Boot steuerte den Grund des Sees an und wartete dort auf weitere Anweisungen. Motor und Beleuchtung waren ausgeschaltet. Nichts sollte die Krokodile von einem erneuten Besuch des „Grünen Sees" abhalten.

Am Ufer, über dem Tunnel, positionierte man ein Fischernetz, das breit genug war, den Eingang abzuschotten und nicht in den Tunnel gedrückt werden konnte. Es hatte unten Gewichte, damit das Netz sich gerade vor den Tunnel legte und nicht vom Eigenantrieb wieder hochkam.
Aus einem Boot heraus verteilte man im „Grünen See" Enten, denen man ein starkes Schlafmittel verabreicht hatte. Die Enten starben daran, die Krokodile nach deren Verzehr nicht, fielen jedoch in einen tiefen Schlaf.
Jetzt hieß es, der ältesten, erfolgreichsten Jagdmethode zu folgen: Warten.

Warten auf die beiden Jäger, die jetzt zu Gejagten wurden. Sie würden kommen, da waren sich alle Beteiligten einig. Ein Unterwassersichtgerät wurde so angebracht, dass ein Beobachter sehen könnte, wenn die beiden Tiere aus dem Tunnel kämen. Geduld, war auch dann gefragt, wenn schon ein Tier aus dem Tunnel in den See gekommen war, das andere aber noch nicht. Selbst auf die Gefahr hin, dass es wieder im Tunnel verschwindet. Warten, man benötigte beide Tiere, um das Drama zu beenden, auch hier war man sich einig.

Der Plan: Die beiden Krokodile schwimmen aus dem Tunnel in den Grünen See. Über die Kamera wird dies erkannt und das Netz heruntergelassen. Dann könnten die beiden nicht mehr denselben Weg zurück nehmen, da der versperrt ist. Der Hunger und die Gier würde sie zu den Ködern treiben.
Soweit der Plan, den die Experten sich ausgedacht hatten. Von ihrer Seite her war alles bedacht, würden die beiden Reptilien mitspielen?

Es wurde für alle eine lange Nacht.

Kroko und Kroki ahnten, dass etwas nicht stimmte. Erst als ihre Rezeptoren über mehrere Stunden nichts Auffälliges meldeten, machten sie sich auf den Weg, Futter zu besorgen.

Langsam näherte sich Kroko dem Tunnelausgang. Er nahm die leichten Wellen wahr, die von den an der Oberfläche schwimmenden Enten verursacht wurden. Angesichts dieser sich dar-bietenden Beute steuerte Kroko direkt auf eine der Enten zu und schnappte sie sich. Kroki bekam natürlich mit, dass ihr Mann erfolgreich eine Ente gefangen hatte. Schnell schwamm sie hinterher und labte sich nun ebenfalls an der gefüllten Tafel. Vor lauter Fressgier bekamen sie nicht mit, was vor ihrem Tunnel geschah.

Das eigentliche Netz lag am Ufer auf dem Boden und musste jetzt nur ins Wasser geschoben werden. Den Zeitpunkt bekamen die Akteure von dem Mann am Sichtgerät, sobald beide Tiere im „Grünen See" waren.

Am frühen Morgen war es endlich so weit. Die Kamera erfasste den Körper eines der beiden Tiere. Langsam, ja bedachtsam und vorsichtig, schlängelte sich das erste Krokodil, Kroko, aus dem Tunnel, um dann aus dem Blickfeld des Gerätes zu verschwinden. Von dem zweiten Tier war nichts zu sehen. Alle hielten sich an die Absprache und warteten, obwohl es einigen nicht recht war. Hier war der Spruch: *lieber ein Spatz in der Hand, als eine Taube auf dem Dach,* nicht angebracht. Sie hatten einen funktionierenden Plan und der sollte nun auch ausgeführt werden.

Da, langsam kam die Schnauze des zweiten Krokodils, Kroki, aus dem Tunnel. Genau wie das Erste kam es nur zögerlich heraus, entfernte sich jedoch nicht sofort aus dem Blickfeld der Kamera. Das Krokodil vermittelte den Eindruck, als spürte es die Kamera. Spürte es das schwache elektrische Feld, das die Kamera ausstrahlte? Konnten die empfindlichen Rezeptoren auf seiner Haut auch das wahrnehmen?
Fast schien es so, da sich Kroki mit der Schnauze auf die Kamera zubewegte. Dann ließ sie aber von ihrem Vorhaben ab und nach einer schnellen Drehung verschwand auch sie aus dem Blickfeld.
Beide Krokodile waren jetzt im „Grünen See", der Zeitpunkt, um die Leute am Netz zu benachrichtigen, war gekommen. Es hieß nun, schnellstens zu handeln.

Der Mann am Sichtgerät gab den beiden Männern am Netz mit einem Handzeichen zu verstehen, dass die Tiere in der Falle sind. Mit Handzeichen deshalb, weil er Angst hatte, die Krokodile könnten ihn hören und wieder im Tunnel verschwinden. Mit vereinten Kräften wurde das Netz über die Uferkante geschoben. Wie ein Stein sank es angesichts der Gewichte in den Abgrund. Die Befestigung an Land war gut gewählt. An Bäumen war das Netz mit starken Seilen befestigt und so ein Mit- oder Wegreißen von den Reptilien unmöglich gemacht worden. Die Gewichte spannten die Seile und würden jede Bewegung am Netz sichtbar machen.

Auf dem See war zu beobachten, dass immer mehr Enten mit dem für sie tödlichen Schlafmittel in ihren Mägen von der Oberfläche verschwanden.
Gut so, dachten sich die Beamten und der Tierarzt, umso mehr Schlafmittel würden sie bekommen. Die Dosis war zwar in jeder Ente gut angelegt, doch es war nicht vorhersehbar, wie viele Köder jedes Krokodil für sich verschlang.

Wenn das Mittel wirkt, so würden die Tiere auf den Boden sinken und könnten leicht eingefangen werden. Dazu war die „Jago" im Wasser geblieben. Die Jagd, auf die beiden, sollte ja nicht damit enden, dass sie sterben müssten, das wäre aber der Fall, wenn sie nicht an die Oberfläche gebracht würden.

Die Tiere konnten nichts dafür, dass der Besitzer sie der Natur überließ. Und ihrer Natur entsprach es nun mal, zu jagen und zu fressen. Nichts anderes haben sie getan. Der Düsseldorfer-Aquazoo hatte sich bereit erklärt, die beiden Krokodile bei sich aufzunehmen. Zumindest so lange, bis sich eine geeignete Unterkunft für die beiden in einem anderen Zoo oder Aquarium gefunden hatte.

Nachdem das Netz im Wasser und positioniert war, bekam der Taucher die Anweisung, dass er sich auf einen Start des Bootes vorbereiten sollte. Das Schlafmittel würde schon nach nur einer halben Stunde wirken. Die Enten wurden zwar von den Krokodilen komplett verschlungen, doch der Biss beim Zuschnappen würde reichen, um die Ente fast zu zerreißen. Das Mittel im Magen der Enten würde sich im Magen des Krokodils rasch auflösen und wirken. So jedenfalls die Theorie des Tierarztes.

Die Spusi hatte sämtliche Spuren am Silbersee und dem Ablegeplatz der Krokodile ausgewertet und teilte ihre Ermittlungen der Soko mit. Auf dem kleinen Dienstweg wurde Biesenbach im Vorfeld schon mal informiert. Dadurch hatte er einen kleinen Vorteil gegenüber seinen Ratinger

Kollegen, die diesen Bericht erst einen Tag später zu lesen bekamen. Der Düsseldorfer Kommissar las sehr sorgfältig den Bericht, den er per Mail bekommen hatte.

Bei dem Täter legte man sich auf einen Mann fest, der zwischen 90 und 110 kg schwer und ca. 1,70 m groß sei, da die umgeknickten Äste in dieser Höhe zu finden waren. Eventuell ist der Verdächtige auch größer und hat sich bei der Tat leicht gebückt. Denn es waren auch Beschädigungen in einer Höhe von 1,85 m zu finden. Die allerdings auch ein oder zwei Tage älter sein konnten als die unteren Spuren. Durch die Witterung der letzten Tage konnten sich die Leute nicht genau auf ein Datum festlegen. Sie fanden an der Stelle mehrere Fußabdrücke, nur leicht entfernt von den Schleifspuren. Die Abdrücke waren aus verschiedenen Zeiten, was auf einen unregelmäßigen, aber öfter stattfindenden Besuch dieser Stelle schließen ließ. Von dem Fußabdruck an den Schleifspuren ließ sich kein ganzer Abdruck finden. Lediglich eine halbe Ferse war auf einem aufgeweichten Blatt ausfindig zu machen. Fast zu wenig, um Rückschlüsse zu ziehen. Die betroffene Person trug wahrscheinlich Turnschuhe mit verdickter Sohle. Ein Gewicht hatten die Ermittler aus dem

Abdruck und dessen Tiefe in dem Erdreich berechnet, das aber nur als Wahrscheinlichkeit angenommen wurde. Die Statur konnte man als kräftig bezeichnen, was sie aus den Abdrücken und dem Sichtfeld der abgeknickten Äste folgerten. An einem der Äste hatten sie ein Haar gefunden, das vielleicht dem Täter zuzuordnen wäre. Sollte das der Fall sein, so würde der Gesuchte um die 50 Jahre alt, starker Raucher und auch dem Alkohol nicht abgeneigt sein. Die Haarfarbe bezeichneten sie als leicht rötlich. Der sehr verwitterte Anglerstuhl war mehr als über Jahre alt. Im Labor konnten sie Fingerabdrücke und DNA Spuren sicherstellen. Ob die dann auch von dem Täter waren, ließ sich nicht genau sagen. Es gab eine zweite Person, so viel stand fest. War einer der beiden Personen ein Angler, der diese unwegsame Stelle nutzte, um heimlich Fische aus dem See zu angeln? Der Fischbestand war im „Silbersee" nicht hoch, dafür waren die Fische größer.

Die Spuren der Fahrradreifen und die des Anhängers brachte sie nicht weiter in ihren Ermittlungen. Auf den Wegen, die zu dem See führten, tauchten zu viele Radspuren auf, als dass man die einem Täter zuordnen könnte. Aus diesem Grund ließ es sich nicht feststellen, ob der Täter aus der Wohngegend des östlichen Teils am See stammt, oder doch aus Düsseldorf und er über die Düsseldorferstraße zum See gekommen war. Dem Leiter der Spusi, Herr Bross, war der Vorgang in dem Düsseldorfer Tierheim noch in guter Erinnerung. Da wurden Giftschlangen „entsorgt", sodass es nahe liegt, dass es einen Zusammenhang geben und der Täter am Rande von Düsseldorf wohnen könnte.

Biesenbach war erstaunt und enttäuscht zugleich über die vielen Informationen, die die Spusi herausgefunden hatte. Er selbst hätte gerne den Namen eines Hauptverdächtigen gehabt oder einen weiteren Bekennerbrief mit Absender. Am Ende fragte er sich allerdings, wonach sie denn jetzt suchen? Nach einem Angler und nach einem Täter? Oder ist am Ende gar der Angler auch der Täter?

Erst als er persönlich mit Herrn Bross gesprochen hatte, wusste er die Ausführung richtig zu deuten. Wieder ein Vorteil gegenüber seinen Ratinger Kollegen.

Da hat das Team viel Kleinarbeit zu leisten, waren die Gedanken, die dem Chef der Soko nach diesem Bericht und Anruf einfielen.

Anwohnerbefragungen, Aufrufen nach Zeugen, Zeitungsberichte und Hoffen auf Hinweise aus der Bevölkerung. Das kleine Einmaleins der Kriminologie. Und wenn das nicht half, die Anwohner des Sees und denen vom Düsseldorfer Norden einen Gentest zu unterziehen.

Dazu benötigte man nur einen willigen Richter.

Das Interesse an dem Fall, was ja eigentlich ein Ratinger Fall war, wurde dadurch nicht größer, sondern eher als lästig von ihm angesehen. Seine Vorgesetzten zählten auf ihn. Ihn den besten der Düsseldorfer Polizeihauptkommissare, das war ihm natürlich bewusst. Nur deshalb war er zum Leiter dieser Sonderkommission namens „Kroko" ernannt worden. Er sollte den Fall lösen und damit ein Zeichen setzen: „Landeshauptstadt Düsseldorf hilft dem Vorort Ratingen bei der Aufklärung eines Mordfalls!"

Ein Rumsen im Wasser ließ die Mannschaft am See aufhorchen. Die Seile vom Netz wurden bis auf das Äußerste gespannt. Auf dem Bildschirm der laufenden Kamera war erkennbar, warum es so gerumst hatte. Eines der Krokodile war mit voller Wucht gegen das Netz geschwommen. Nur kurze Zeit später rumste es erneut und wieder war ein Krokodil zu sehen, das gegen das Netz geschwommen war.

Gefangen, sie hatten die Tiere im See gefangen. Jetzt hieß es Geduld aufbringen, die Zeit arbeitete für sie. Also warten, warten bis sie einschliefen und aus dem See gefischt werden konnten. Obwohl die Aktion noch in vollem Gange war, machte sich Erleichterung unter den Jägern breit. Der Leiter der Aktion rief sofort beim Oberbürgermeister an, auch wenn der in seiner Bettruhe gestört wurde. Er hatte es ja so gewollt, und wenn man seinem Dienstherrn einen „Wunsch" erfüllen konnte, dann machte man das ohne Zeitverlust.

Dem Taucher in dem U-Boot teilte man mit, dass beide Krokodile im See waren und er sein U-Boot starten sollte. Vielleicht könnte er ja die beiden Tiere sehen und die Situation unter Wasser nach oben melden. Das tat der Mann dann auch. Seine Scheinwerfer leuchteten in die Tiefe des Sees. Das Boot selbst wurde vom Grund angehoben, damit es in alle Richtungen leuchten konnte. Die Scheinwerfer waren zwar stark, aber nicht so kräftig, als dass der ganzen See durchleuchtet werden konnte. Mit langsamer Fahrt durchsuchte er nun den See. Sein Augenmerk war speziell auf den Boden des Sees ausgerichtet. Hier würden die beiden Jäger, die zu Gejagten wurden, zum Liegen kommen. In ständigem Kontakt mit dem Verantwortlichen an Land, sowie mit dem Tierarzt, durchquerte er den See. In einem Rastersystem wurde der See durchforstet. Nur kurz nahm er eines der Tiere wahr, was aber schnell aus dem Scheinwerferlicht verschwand. Noch schwammen sie herum, meldete er seine Sichtung nach oben. Es war inzwischen mehr als eine Stunde vergangen, und keiner der beiden Schnapper machte Anstalten, sich zum Schlafen auf den Grund des Sees zu legen. Sollte das Mittel nicht wirken? Haben sie die Enten vielleicht gar nicht gefressen, sondern nur gefangen, um sie später zu vertilgen?

Unruhe machte sich breit, zumindest bei den Verantwortlichen des Aquazoo. Viele andere im Team zeigten auch hier Geduld und warteten ab. Die Tiere konnten jetzt nicht mehr weg. Alles eine Frage der Zeit. Von wem nur dieser Ausspruch stammte?

Mehr durch Zufall entdeckte ein Beamter vom Ordnungsamt am See, dass eines der Krokodile es sich auf einer kleinen Sandbank gemütlich gemacht hatte. Aufgeregt lief er zum Leitenden der Aktion und berichtete, was er entdeckt hatte. Dabei hatte er ganz vergessen, dass alle im Team Handys zur Verfügung hatten und über eine freigeschaltete Nummer erreichbar waren.

Die Jäger liefen mit Schleifenfanggerät und Seilen zu der Stelle, wo der sichernde Beamte eines der beiden Krokodile entdeckt hatte. Ein Drittel des Sees hatten sie dabei zu umrunden. Auch hier wäre es mit einem Fahrzeug einfacher gewesen. Doch in der Aufregung vergaß man schnell die einfachsten Dinge.

Der Taucher bekam Anweisung, sich mit dem U-Boot ebenfalls zu der Stelle zu bewegen und dort nach dem zweiten Krokodil Ausschau zu halten.

Mit größter Vorsicht näherten sich die beiden Mitarbeiter vom Aquazoo dem Reptil. Hier an Land sahen die Leute erstmals die wahre Größe des Tieres, was ihnen sofort Respekt einflößte. Was auch mit dem stark ausgeprägten Kopf zusammenhing.
„Wie kann man solche Tiere zu Hause halten? Das ist mehr als verantwortungslos!", war denn auch die Meinung von einem der beiden Zoologen.

„Noch verantwortungsloser ist es aber, die Tiere an einem öffentlichen See auszusetzen!"

„Ja, da hast du recht. Nun komm, lass uns den Ersten der beiden Unruhestifter einfangen und schon mal für ein wenig Ruhe sorgen."

Dass die Männer die Tiere nur als Unruhestifter und nicht als Killerreptilien bezeichneten, lag wohl daran, dass sie wussten, Alligatoren fressen, sobald sie die Möglichkeit dazu haben. Dabei ist ihnen die Art des Futters gleichgültig. Werden sie regelmäßig gefüttert, gelten sie eigentlich als ruhige Vertreter. Sie waren wilde Tiere, auch wenn sie in Gefangenschaft aufgezogen waren.

Deshalb nahm einer der beiden ein Gewehr in die Hand, bevor sie sich dem Alligator näherten. Zum einen, falls es früher wach wurde als gedacht, aber auch, weil das zweite Krokodil jederzeit hier auftauchen könnte.

Mit der Fangschlinge berührten sie das Krokodil. Nur eine kleine Bewegung durchzuckte den gepanzerten Körper des Ungetüms. Nach einer weiteren festeren Berührung, mit gleichem Ergebnis, stand für die Fänger fest, dass sie sich dem Krokodil nähern könnten. Jedoch immer darauf bedacht, das Wasser im Auge zu behalten, mit dem Gewehr im Anschlag.

Das U-Boot hatte die Stelle erreicht und der Taucher schaute sich um, doch von einem zweiten Alligator war keine Spur. Am Boden gab es auch keine Hinweise auf die zweite Kreatur.

Auf Anweisung blieb das Boot mit seinem Taucher aber in der Nähe des Schlafplatzes, falls das zweite Tier auftauchen sollte und er dann die Leute warnen könnte.

Das Krokodil auf der Landzunge war recht schnell gefangen und unschädlich gemacht. Zwei weitere Helfer kamen hinzu und verschnürten das immer noch schlafende Reptil.

Das Tier wurde mit der Schlinge kurz hinter seinem Kopf festgehalten und eine Mundfessel angelegt. Die Augen wurden mit einem Tuch bedeckt. Sollte es wieder wach werden, so würde es sich nicht rühren wollen, da die Tiere bei dieser Art der Gefangennahme, in Starre verfallen. Helfer hatten den Wagen und eine der beiden Transportkisten herangeschafft, die für die Tiere vorgesehen waren. Gerade noch groß genug, um das Krokodil aufzunehmen. Mit vereinten Kräften wurde des in die Kiste gelegt, die dann mit einem Deckel mit Luftlöchern verschlossen wurde. Nach dem Aufladen der Kiste auf den Transporter war die Jagd auf das Erste der beiden Echsen beendet.

Allen war klar, dass dies nur die halbe Arbeit war, die verrichtet werden musste. Der Mann im U-Boot wurde zur Suche aufgefordert, da das andere Krokodil sicherlich auch Müdigkeit verspürte oder schon eingeschlafen war. Deshalb hieß es, dieses Tier schleunigst zu finden. Helfer suchten das gesamte Ufer des Sees ab, ob nicht das zweite Krokodil auch einen Schlafplatz an Land aufgesucht hatte.

Das Tauchboot drehte ab und suchte wieder im Rastersystem den Boden des Sees ab. Schon bei der zweiten Richtungsänderung sah der Taucher das zweite Krokodil auf dem Boden des Sees liegen. Sofort meldete er das den Verantwortlichen. Mit den beiden Roboterarmen grub er sich unter das „Ungetüm" und hob es hoch. Auch hier gab es keine Gegenwehr. Langsam, immer wieder ausgleichend, damit das Tier nicht von den Greifarmen rutscht, näherte sich das U-Boot dem Bootssteg, wo das Tier erwartet wurde.

Genau wie beim ersten Tier ging die Sicherheit vor. Die Greifarme wurden so weit nach oben gefahren, dass die Helfer an das Tier herankamen. Die Maulschlinge wurde als Erstes, dann die Augenbinde angelegt. Eher unsanft wurde das „Ungeheuer" von den Roboterarmen auf den Steg gezogen, wo die zweite Transportkiste schon wartete, den „Schrecken des Sees" aufzunehmen. Was auch geschickt und effizient gemeistert wurde.

Das U-Boot fuhr auf dem Wasser zu der Stelle, an dem der Autokran es aus dem Wasser heben konnte. Der Taucher befestigte das Hebeseil und der Kran hob das Boot samt Taucher aus dem Wasser und hievte es auf den Weg.
Kurze Zeit später war das Leihgerät auf dem Transporter, der es wieder zurück nach Kiel bringen würde. Die Aktion erfolgreich beendet, konnte die „Jago" samt ihrem Taucher wieder zu ihrem Stützpunkt zurück. Die Verantwortlichen waren mehr als dankbar für die Unterstützung des Forschungszentrums.
Über die Kosten des Ausleihens und wer diese übernehmen würde, machte man sich hier am See noch keine Gedanken. Die Krokodile waren sichergestellt, das war das Wichtigste. Der Kleintransporter machte sich mit den beiden Kisten und seiner exotischen Fracht auf den Weg ins Aquarium. Die Transportkisten verfügten über Luftlöcher und so konnten die Tiere nicht ersticken, doch der Tierarzt meinte, es wäre für die Tiere besser, sie würden beim Aufwachen

schon in einem Gehege sein. Entsprechend beeilte man sich und fuhr die Tiere vom Seegelände mit Geleitschutz nach Düsseldorf-Golzheim, ihrem vorerst neuen Domizil.

Der See und das Gelände blieben noch zwei Tage abgesperrt, bis man alle Gerätschaften wieder abgebaut und entfernt hatte.

Die hiesigen Reporter bekamen Informationen, dass sie sich die Tiere im Aquazoo ansehen könnten, und die Stadt ließ damit verlauten, dass keine Gefahr mehr von den „Seeungeheuern" zu erwarten waren. Die Zeitungen berichteten natürlich von der beispiellosen Jagd nach den Tieren, und dass nur mit Glück keine weiteren Personen den riesigen Alligatoren zum Opfer gefallen waren. Einige Reporter beschrieben in ihren Artikeln reißerisch und völlig überzogen, dass die Alligatoren das Tauchboot so beschädigten, dass der Mann im Boot schon dachte, gleich holen sie dich aus dem Boot und fressen dich. Eine der beiden Transportkisten hielt den Ausbruchsversuchen der Tiere kaum stand und auf der Fahrt zum Zoo, wackelte der Transporter so sehr, dass der Wagen öfter anhalten musste. Weitere Informationen hielten die Bevölkerung in Atem und machten neugierig auf den See, auf Ratingen. Das blieb auch eine Weile so. Erst nach und nach ging das Interesse an dem „Grünen See" und dem „Silbersee" wieder zurück. Bald waren nur die Jogger und Besucher in dem Erholungsgebiet, die auch vor der Invasion und den „Ungeheuern von Ratingen" da waren.

Lebend, seine beiden Tiere waren lebend gefangen worden, was Sascha mit Erleichterung und Dankbarkeit aufnahm.

Sie werden es im Zoo sicherlich gut, wenn nicht sogar besser haben als bei mir im Keller. Die Nahrung wird auch artgerecht sein und sie müssen nicht mehr von Abfällen leben.

Mit diesen und ähnlichen Gedanken fand er seinen Seelenfrieden, dass er seine beiden Lieblinge verstoßen hatte. Auch wenn er seinen Seelenfrieden, was die Abgabe der Tiere betraf, gefunden hatte, so wusste er, dass die Geschichte noch nicht zu Ende war. Es gab einen getöteten Menschen und in der Zeitung hatte er gelesen, dass der Mensch, der diese Tiere ausgesetzt hatte, wegen Totschlags verurteilt werden könnte.

Natürlich nur, wenn man ihn fassen würde. Alles eine Frage der Zeit, wenn man der Aussage eines

Hauptkommissars Biesenbach in einem Bericht der regionalen Zeitung Glauben schenken würde. Die Befragung der Anwohner erbrachten kaum oder nur wenige Informationen, die weiterhalfen. Die meisten Hinweise liefen ins Leere oder entpuppten sich als falsch. Eine Ausweitung der persönlichen Befragung scheiterte am Personalmangel. Die Polizei in Ratingen bekam keine weiteren Beamten aus Düsseldorf. Wegen der Pandemieverordnung und deren Nichteinhaltung wurde jeder Polizist gebraucht, um die Ordnungskräfte zu unterstützen. Unerlaubte Versammlungen oder Grillpartys mussten aufgelöst werden, wobei es immer wieder zu Gewalttaten kam, die das Ordnungsamt überforderten und polizeiliche Unterstützung benötigten.

Die Krokodile, eigentlich waren es ja Alligatoren, waren gefangen, der Tote nicht wieder zum Leben zu erwecken, und so befand man, dass die Soko mit ihrem Personal die Sache aufklären und den Täter dingfest machen könnte und sollte. Anders der Kommissar Biesenbach aus Düsseldorf, der immer wieder nach Verstärkung für sein Team anfragte. Auch schon mal mit dem Hinweis, dass es ja noch mehr gefährliche Tiere geben könnte, die es in dem Besitz des verantwortungslosen Züchters geben könnte. Die Hinweise wurden ge-, aber nicht erhört.

Es klingelte an der Tür von Sascha. Nur schwach, und gerade noch soeben hatte er das Klingeln gehört. Er ging nach oben, öffnete die Türe und erschrak.

Der Grund, ein Polizist stand vor der Türe.

In Saschas Kopf rotierte es. *Erwischt, sie haben mich. Was sag ich nur?*

Dass er unter der Gesichtsbräune völlig erblasst war, sah der noch junge und unerfahrene Beamte nicht, der ihn freundlich ansprach. Auch dass Sascha sehr wackelige Knie hatte, bekam der nicht mit. Als Sascha anfangen wollte zu reden, bekam er anstelle von Worten nur ein Krächzen hervor. Mit gutem Willen hätte das auch ein „Hallo" sein können.

„Guten Tag, Wachtmeister Krause. Spreche ich mit Herrn Lohmann?" Und als Sascha die Frage bejahte, sprach er weiter: „Sie haben als Anwohner des Sees sicherlich mitbekommen, dass wir aus dem nahe gelegenem See zwei Krokodile gefangen haben. Nun suchen wir nach Hinweisen, wie die da hingekommen sind, oder wer sie da ausgesetzt hat. Deshalb habe ich ein paar Fragen an Sie, bitte nehmen Sie sich die Zeit, es dauert nicht lange."

Sichtlich erleichtert gab Sascha dem Beamten zu verstehen, dass er gerne die anstehenden Fragen beantworten würde.

„Züchten Sie Tiere? Haben Sie Kenntnis von jemandem, der solche Tiere züchtet oder beheimatet? Oder haben Sie vielleicht was gesehen, was uns bei der Aufklärung helfen könnte?"

Alle Fragen verneinte Sascha. Die Frage nach einem Anhänger konnte er nicht verneinen, da dieser direkt neben den Mülltonnen in dem Fahrradunterstellplatz stand, und für jeden sichtbar war. Der Beamte nahm das zur Kenntnis, wie schon so oft bei den Anwohnern in dieser Gegend. Die Stadt hatte dieses Transportmittel damals gesponsert, um die Gegend autofrei zu halten, was ihr aber nur ungenügend gelang. Viele, die hier am See wohnten, nutzen dieses Transportmittel als „Zweitwagen". Zur nächsten Bushaltestelle war es zu weit, um alle Einkäufe zu tragen. Nicht für alle war ein Zweitwagen finanzierbar und so hatte sich diese Transportkarre breitgemacht.

Sascha bekam nicht mit, dass der Beamte in seinem Block eine Beschreibung hatte, wie der vermeintliche Verdächtige aussehen könnte. Er vermerkte deshalb das Wort: Ähnlichkeit des Befragten, mit angeblichem Täter in dem Bericht. Statur stimmt, Haarfarbe ähnlich. Leider wird er am Abend feststellen, dass viele auf diese Beschreibung passten, und das nur in der Gegend rund um den See.

Der Beamte stellte noch einige allgemeine Fragen und gab Sascha am Ende des Gesprächs seine Visitenkarte auf, der eine Telefonnummer und der Name, so wie der Rang des Polizisten stand. Dort könnte er anrufen, falls ihm noch was einfallen oder auffallen würde. Danach verabschiedete sich der freundliche Beamte und nachdem auch Sascha ihm einen schönen Tag gewünscht hatte, schloss er die Türe.

Sascha ging an den Kühlschrank und entnahm ihm eine Flasche Bier. Damit setzte er sich in den Garten und wusste nicht, ob er lachen oder doch in sich kehren sollte, um ein Dankesgebet nach oben zu senden. Nur langsam wurde er ruhiger und konnte wieder klar denken. Ihm wurde bewusst, dass er schnellstens alle Spuren im Keller beseitigen sollte, die auf ein Terrarium oder einer Haltung von Exoten hinweisen könnten. Da er von Anfang daran gedacht hatte, die Aufbauten nicht zu sehr mit dem Boden oder den Wänden zu verbinden, hielten sich die Renovierungsarbeiten in Grenzen. Lediglich der Krokodilbereich hatte besondere Befestigungen erhalten. Da der Boden gekachelt war, konnte er durch ein Auswechseln der beschädigten Kacheln auch diesen Schaden rasch beheben. Beim genauen Hinsehen fiel es natürlich auf, dass hier Kacheln getauscht wurden. Später kämen hier die Möbel zum Ausruhen hin oder eine Auslegeware drüber. Das würde Elvira aussuchen. Er vermied das Wort: Bestimmen.

Am Abend kam Elvira von der Arbeit. Sascha hatte wie immer das Abendessen gekocht. Heute gab es mal wieder ihr Lieblingsgericht: Spaghetti Bolognese und frischen Parmesan. Für viele ein Armeleuteessen, für Elvira der Inbegriff maritimer Küche. Das lag aber vor allem an der Soße, die Sascha zauberte. Das Rezept wurde auch in dem Restaurant verwendet, in dem Sascha normalerweise tätig war. Einfach nur lecker und zum Reinknien, wie Elvira immer wieder behauptete.

Nach dem Essen saßen sie im Wohnzimmer und tranken den Rest vom Rotwein. Seine Frau hatte berichtet, wie ihr Tag abgelaufen war. Danach gab es für Sascha kein Halten mehr. Nun musste es raus. Musste raus, dass die Polizei da war und Fragen gestellt hatte. Fragen über Exoten, Fahrräder, Karren und vieles mehr, an das er sich schon nicht mehr erinnern konnte. Er berichtete von der Angst und der falschen Vermutung, dass der Beamte gekommen wäre, um ihn zu verhaften.

Elvira hatte ihrem Mann aufmerksam zugehört und ihr wurde klar, dass über dem Haus ein „Damokles-Schwert" schwebte. Sie ahnte, nein, sie wusste, dass Sascha schwere Schuld auf sich geladen hatte. Doch, nicht nur er. Auch sie sah sich schuldig. Schuldig, ihn nicht in seinem Handeln gestoppt zu haben. Zulange hatte sie geschwiegen, obwohl sie geahnt hatte, dass er die Tiere nicht zu einem Freund gebracht hatte. Zulange, hatte sie die Rolle der drei Affen übernommen, mit dem Gedanken, was ich nicht weiß, kann mich auch nicht belasten. Nun erkannte sie, dass das falsch war.

„Wir müssen den Tatsachen ins Auge sehen. Du hast eine Straftat begangen und ich habe dich nicht zurückgehalten."

Sascha sah seine Frau an und wusste, dass nicht nur er erkannt hatte, dass Unheil droht.

„Was können wir tun? Soll ich mich der Polizei stellen?"

„Das wäre das Einfachste, allerdings weiß ich nicht, ob es auch das Beste wäre?"

„Im Keller ist aus meiner Sicht alles so, wie es war, bevor ich es zum großen Terrain umgebaut habe. Bei meinen Aktionen hat mich niemand gesehen und weil sie hier eine Befragung starten, denke ich, dass sie keine Beweise für etwas haben."

„Ja, das denke ich auch. Weißt du, ich kann mir nicht vorstellen, dass ich eine Zeit ohne dich sein soll", dabei stand sie auf und setzte sich zu ihrem Liebsten auf die Couch. Eng umschlungen hielten sie sich fest. So, als wollten sie einander nie loslassen. Nicht freiwillig. Sie beschlossen, dass sie es darauf ankommen lassen. Zu ändern war jetzt nichts mehr. Der Angler war tot. Eigenverschulden? Zumindest hatte er es herbeigerufen.

Kein Angler, kein Toter?

War das wirklich so einfach?

Sicherlich nicht, doch Sascha und Elvira bauten sich solch eine Mauer auf, hinter der sie sich versteckten. Sie versteckten sich vor den Schuldgefühlen gegenüber den Familienangehörigen, vor der Verantwortung zu der Tat zu stehen und deren Konsequenzen. Ob sie in der Zukunft mit dieser Schuld leben können, wird sich zeigen. Erst einmal haben sie diesen Entschluss gefasst.

„Morgen werde ich mich mal mit Jochen unterhalten", sagte Elvira und nachdem Sascha sie verwundert angeschaut hatte, wusste sie, dass er nicht wusste, was sie vorhatte.
„Jochen, Jochen Maaßen. Der Rechtsverdreher aus meinem Freundeskreis. Der, den du nicht leiden kannst, nur weil er sich in jungen Jahren um mich bemüht hat."
„Ach der, oh Gott. Kannst du dem trauen?"
„Unbedingt. Du erinnerst dich an die Geschichte mit ihm, als er versuchte, bei unserer Bank einen Kredit zu bekommen und gefälschte Sicherheiten eingereicht hatte?"
„Ja, da war was, ich weiß aber nicht mehr genau, was da war."
„Dafür weiß ich es umso besser. Wenn ich ihn nicht gedeckt hätte, also die Unterlagen als ok. abgestempelt hätte, dann wäre er wohl heute noch ohne Büro und Haus. Und ob er dann so eine tolle Karriere gemacht hätte, wage ich zu bezweifeln."

Saschas Erinnerungen an diesen Menschen gingen nicht in die Richtung von Bank– oder Kreditgeschäften. Nein, er erinnerte sich nur an die schleimige, widerwärtige, anbiedernde Art, wie Jochen sich bei Frauen, und besonders bei Elvira, beliebt machen wollte. Schon bei dem Gedanken an diesen Typen bekam er eine Gänsehaut und ein Kribbeln an den Lippen.

„Und diesem Menschen willst du mein Problem erzählen?"

„Erstens, ist das unser Problem und nicht nur deins und zweitens, es gibt gegenwärtig keinen besseren Anwalt in Ratingen als ihn. Er hat nicht nur einen Ruf, er ist auch gut. Unsere Anwälte würden sich jedenfalls über solch eine Verstärkung unseres Teams sehr freuen. Und drittens, kosten wird er uns auch nichts, was ja auch nicht zu verachten ist. Ich habe ihn angerufen und schon morgen einen Termin bei ihm bekommen."

Nicht ganz glücklich über diesen Vorschlag, stimmte ihr Ehegatte dem jedoch zu. So hatte man wenigstens eine Richtung oder Hinweise, was einen erwartet, wenn der Fall vor Gericht kommt.

Den Rest des Abends sah man sich eine Unterhaltungssendung an. „Groß gegen Klein". So wollten sie sich ablenken, von der drohenden Gefahr. Ganz gelang das nicht. Zu schwer lastete die Schuld in ihren Köpfen, was besonders bei Sascha der Fall war.

Die Ermittlungen gegen die Verantwortlichen der Stadt wollten die Ratinger Beamten ohne den „Eindringling" aus Düsseldorf führen. Biesenbach lehnte das mit den Worten ab: „Ich denke, wir sollten erst gar nicht den Verdacht einer Klüngelei aufkommen lassen. Deshalb werde ich auf jeden Fall bei den Besprechungen dabei sein wollen." Mehr hatte er dazu nicht zu sagen und mehr bedarf es dann auch nicht.

Viel kam bei den Befragungen der Verantwortlichen, auch mit seiner Anwesenheit, nicht heraus. Zu vage die Hinweise auf eine Gefahr. Zu ungenau die Aussagen der Zeugen und den Ordnungskräften vor Ort. Allein wegen des Verschwindens von Tieren ein Erholungsgebiet auf Dauer zu sperren, wäre unverhältnismäßig gewesen.

Der tote Angler hatte die Absperrungen bewusst umgangen, hat trotz der bekannten Gefahr im See geangelt. Er hat sich freiwillig der Gefahr ausgesetzt und ist dabei umgekommen. Selbstmörder kann man nicht aufhalten und deshalb ist die Stadt auch nicht für seinen Tod verantwortlich. Jedes Jahr ereignen sich Vorgänge am See, bei denen es Tote zu beklagen gäbe. Ertrunken, trotz Badeverbot. Auch hier wäre die Stadt machtlos.

Am Ende war klar, bei der Stadt war zwar nicht alles optimal abgelaufen, aber der Vorwurf, falsch gehandelt zu haben, konnte nicht bestätigt werden. Wie die Bürger bei der nächsten Kommunalwahl diesen Vorgang bewerten, wird sich zeigen. Dafür ist die Polizei aber nicht zuständig.

Mit einem leicht mulmigen Gefühl fuhren Michaela und Herbert zum See. Zweimal hatten sie in der letzten Zeit den Ansatz gemacht, zum „Grünen See" zu fahren. Doch jedes Mal waren sie überein gekommen, dass der dort herrschende Trubel nichts für sie war. Sie warteten ab, bis es an ihrem See wieder ruhiger war. Jedoch, ihr See war es nicht mehr, obwohl sie am Morgen noch Sehnsucht nach ihrer Ruhestätte hatte und ihren Mann gefragt hatte: „Herbert, sollen wir nicht mal wieder an den See fahren?"
Dabei vermied sie bewusst das Wort *unseren*.
Nein, der See war nicht mehr derselbe und nicht mehr ihrer. Zu viel Rummel hatte ihn zu bekannt gemacht, sodass zu viele Menschen sich hier versammelten. Sicher, auch früher war der See oft gut bis sehr gut besucht, doch an den Wochenenden hieß es nun, den See zu meiden. Selbst das

Paar vom Kiosk stöhnte unter dem Andrang. Alles nur zum Mitnehmen, das ja, aber ein Kunde nach dem anderen und kaum Pause. Da half auch der dreifach erwirtschaftete Gewinn nicht, ein Lächeln herzuzaubern.

Die Stühle und den Tisch ließen Michaela und Herbert diesmal noch im Auto. Der Parkplatz war an diesem Mittwochmorgen nur schwach besucht, doch sie wollten zunächst schauen, ob die „Luft" rein ist. Soll heißen, ob man noch ein Plätzchen am See bekommen könnte. Nach der ersten Sichtung war klar, ja es ist Platz, und Herbert machte sich auf, die Sachen aus dem Auto zu holen. Michaela holte die Getränke vom Kiosk und musste feststellen, dass dort eine Aushilfe beschäftigt war. „Einer muss ja von dem ganzen Rummel profitieren." Sie gönnte es dem Ehepaar, dass sie auch mal freihaben.

Ruhe, ja, die Ruhe war am See, doch sie konnte sich nicht sofort auf das Ehepaar übertragen. Michaela schaute auf die Enten, die auf dem See schwammen. Jeden Augenblick rechnete sie damit, dass eines der Tiere wieder verschwindet. Das tat eine Tauchente dann auch. Sie tauchte. Sie tauchte ein, wie Enten in das Wasser eintauchten, um unter Wasser zu kommen. Michaela wartete und sah nach nicht mal zwei Minuten mit großer Freude, dass „ihre" Ente auch wieder auftauchte. Die nächste und die übernächste taten es der ersten Ente gleich und Michaela atmetet erleichtert durch. Da schmeckte auch das Glas Wein wieder.

„Guten Morgen, Jochen."

„Guten Morgen, Elvira. Welch wundervolle Fügung führt dich zu mir? Womit habe ich es verdient, dein wundervolles Aussehen aus nächster Nähe betrachten zu dürfen?"

„Geschäftlich und aus Nöten, um es kurz zu machen."

„Oh, da scheint es ja wirklich zu brennen. Also, wie kann ich helfen?

„Bevor ich anfange, möchte ich dich fragen, ob du private Hinweise auf eine Straftat an die Behörde weiterleiten musst, oder sie schon unter dein Schweigegelübde fällt, oder wie das heißt?"

„So schlimm? Ich kann dich beruhigen, ich werde das, was du mir erzählst als Privatmann, aber auch als Anwalt aufnehmen. Das bedeutet, als dein Freund bist du bei mir gut aufgehoben, um eine Beichte abzulegen. Als Anwalt habe ich dich gerade als Klientin aufgenommen, auch wenn es nicht zu einem Auftrag kommt. In beiden Fällen herrscht Schweigepflicht."

„Danke Jochen. Leider ist die Sache zu ernst, als dass ich darüber lachen könnte. Aber vielen Dank schon mal vorab für deine Loyalität."

„Na dann mal los, raus mit der Sprache, worum handelt es sich?"

Zum ersten Mal erlebte sie Jochen als Mann, als Anwalt, dem man vertraut, so wie er sie jetzt ansah.

Mit kurzen, aber direkten Worten erklärte sie ihm, dass ihr Mann derjenige ist, der die beiden Tiere am See ausgesetzt hatte und sie jetzt nicht wüssten, wie sie sich verhalten sollten.

Jochen hatte als Ratinger selbstverständlich mitbekommen, was geschehen war und wusste, dass es sich hier nicht um ein Kavaliersdelikt handeln würde.

Mit ernster Miene und ruhigem Ton sagte er: „Dein Mann hat sich eine schwere Schuld aufgeladen. Da hat er mit einer saftigen Gefängnisstrafe und einer Geldstrafe zu rechnen. Der Tatbestand, ein gefährliches Tier freizulassen, was dann einen Menschen tötet, ist nach StGB § 212 strafbar und wird wie Totschlag geahndet und hat eine Freiheitsstrafe nicht unter 5 Jahren zur Folge. Mit Glück kommt er nach zweidrittel der Strafe wieder frei."

„Ich, wir haben uns schon so was gedacht und wissen deshalb nicht, was wir machen sollen. Offen gestanden, freiwillig stellen ist eigentlich keine Option für uns. Bisher haben sie ja keine Beweise, die auf Sascha hinweisen. Da hat er, so glaube ich, gut aufgepasst. Aber ich weiß auch, dass es immer einen Fehler gibt, der das Ganze dann auffliegen lässt."

„Stellen und zu der Tat stehen, wäre auf jeden Fall strafmildernd, das sich im Vollzug positiv auswirken könnte. Wie ich schon erwähnte, ob er die ganze Strafe absitzen muss."

„Was habe ich denn zu erwarten? Schließlich bin ich Mittäterin?"

„Hast du gewusst, dass er die Tiere hält?"

„Ja, natürlich, wenn ich mich auch nur oberflächlich darum gekümmert habe."

„Hast du gewusst, dass er die Krokodile am See aussetzt?"

„Nein. Er hat mir gesagt, dass ein Freund die Tiere nimmt. Ehrlich gesagt, habe ich ihm das aber nicht geglaubt."

„Musst du auch nicht. Er hat diese Tat allein vollbracht und trägt deshalb auch er die alleinige Verantwortung. Du musst diese These, dass du von der Entsorgung, oder besser gesagt, von der Freilassung der Tiere am See nichts gewusst hast, weiter verinnerlichen. Die Tiere waren weg und du hast nicht mitbekommen, was er damit gemacht hat. Außerdem ist klar, dass du die Aussage auf die Vorgänge verweigern kannst, um dich nicht selbst zu belasten."

Elvira sah aus dem Fenster, so als möchte sie wegfliegen, weg von der Verantwortung.

Das ging aber nicht, im Gegenteil, denn ihr Freund, der Anwalt, hatte noch mehr zu fragen: „Wie sieht es eigentlich mit eurer finanziellen Lage aus? Du hast ja gesagt, dass ihr euch die Tiere nur bedingt weiter hättet halten können?"

Nachdem Elvira zögerlich antworten wollte, sprach Jochen weiter: „Die Rede ist von den Kosten der Aktion am ‚Grünen See'. Da werde ich mal versuchen, dir einen kleinen Einblick zu geben, was da auf deinen Mann zukommt."

„Auf uns, Jochen, auf uns. Sascha und ich müssen das gemeinsam durchstehen."

„Ja, ist verständlich", und im gleichen Atemzug: „Habt ihr einen Ehevertrag? Das wäre hilfreich!"

Obwohl Elvira nicht wusste, auf was er hinaus wollte, bejahte sie die Frage.

„Wir fanden es damals als schick, modern und fortschrittlich, einen Ehevertrag abzuschließen.

Hatte auch damit zu tun, dass meine Mutter ihr Vermögen einbrachte, um das Grundstück und das Haus zu kaufen. Sie und Sascha verstanden sich nicht allzu gut. Ich hätte etwas Besseres verdient. Anstelle seiner hätte sie sich einen Bänker an meine Seite gewünscht. Sie wusste auch schon, wer das sein sollte."

Jochen hatte sich unbewusst aufgerichtet, um eine bessere Figur zu machen.

„Nein, Jochen, du wärst auch nicht in ihre engere Wahl gekommen. Zu dem Zeitpunkt warst du noch mittellos und ohne „Moos" nichts los. Nein, sie hatte den Junior vom alten Kessel im Kopf. Diesen Lackaffen, Daniel Kessel, Sohn des Direktors der Stadtkasse. Das wäre der Richtige, auch wenn der zehn Jahre älter als ich war.

Das macht nichts, Kindchen, da hast du etwas Solides, der hat seine Hörner schon abgestoßen, und viele andere Vorteile zählte sie auf."

Jochen versteckte seine Enttäuschung über diese Antwort hinter seiner Anwaltsmaske. Undurchdringbar, damit kein Staatsanwalt auch nur erahnen könnte, was oder wie es in seinem Inneren zu irgendeiner Sache aussieht. Außer, er wollte das.

„Zurück zu deiner Frage, also ja, wir haben einen Ehevertrag."

„Dann nehme ich an, dass das Haus auf deinen Namen läuft? Du und deine Mutter im Grundbuch stehen".

„Ja, das heißt, meine Mutter nicht mehr, sie ist vor ein paar Jahren gestorben und wir haben es noch nicht geschafft, Sascha dort einzutragen. Wir hätten das Haus nicht ohne meine Mutter bekommen, da spielten soziale Komponenten eine große Rolle."

„Ich weiß, denn ich habe heute noch einige Fälle, in denen es um das Wohnrecht geht, wenn jemand ein Haus übernehmen möchte. Aber das ist eine andere Geschichte. Zurück zu dir", und er ergänzte schnell: „Zu euch."

Jochen stand auf und schenkte Elvira Wasser nach: „Oder möchtest du einen Kaffee?"

„Nein, Wasser ist gut. Warum fragst du das alles?"

Der Anwalt setzte nun wieder seine „Robenmiene" auf und sagte: „Ich denke, die Kosten, die auf euch zukommen, werden so um die 200.000 € sein. Eher mehr. Feuerwehr, Tauchboot, Absperrungen, Krankenwagen, Polizei und die Ansprüche der Familie von dem Toten nicht gerechnet, da dies in einem gesonderten Verfahren ermittelt wird."

Der Anwalt legte eine Sprechpause ein, damit Elvira die Informationen verarbeiten konnte.

„Dein, euer schönes Haus und euer Vermögen wären futsch. Und die Zukunft sieht mehr als düster aus. Wenn ihr allerdings einen Ehevertrag habt, so wird nur dein Mann diese Kosten tragen müssen. Alles, was er einbringt, in die Ehe gehört ihm. Vermögen wie Schulden. Somit habt ihr noch Glück im Unglück. Allerdings bleiben die Schulden bis zum Nimmerleinstag und ihm bleibt nur der Mindestsatz an Geld. Du bist ihm unterhaltspflichtig, soll heißen, dass dein Einkommen angerechnet wird und du sein Geld aufstocken musst. Das ist alles ein wenig kompliziert, aber machbar. Wenigstens bleibt euch das Dach über dem Kopf."

Jochen machte wieder eine Pause, um dann zu sagen:

„Das besprechen wir, wenn es so weit ist."

„Ach, Jochen, vielen Dank für deine Hilfe. Ich weiß aber immer noch nicht, was wir machen sollen."

„Stellt euch, also er. Und wenn er wirklich ins Gefängnis muss, dann wird diese Zeit auch vergehen."

Jochen hatte dabei natürlich auch an die Idee gedacht, Elvira zur Seite zu stehen. Wie nah, müsse man abwarten. Diese Gedanken behielt er wohlweislich für sich.

Mit einem Lächeln stand er auf und ging auf Elvira zu, die sich auch erhoben hatte. Hielt aber den Mindestabstand ein, was ihm allerdings schwerfiel.

Genau dieses Lächeln war es, was Elvira früher hatte schwach werden lassen. Auch jetzt konnte sie merken, wie die Knie leicht weich wurden.

„Wenn du willst, würde ich dich, also euch unterstützen. Rechtliche Hilfe wäre euch sicher, was sonst kommt, liegt auch in euren Händen."

„Ja ok. Ich melde mich dann wieder bei dir, wenn ich weiterweiß. Danke, Jochen, vielen Dank."

„Wozu, ich habe ja gar nichts gemacht."

Nun ging sie weiter auf ihn zu und nahm ihn in den Arm. Nur kurz lüftete sie ihren Mundschutz und küsste Jochen sanft auf die Wange.

Dann verließ sie schnell das Büro und machte sich zu ihrer Arbeit auf.

Niemand sah, wie errötet sie unter der Maske war. Keiner merkte, wie sehr ihr Herz pochte, und niemand vernahm dieses Kribbeln in ihrem Bauch.

„Viel ist es ja nicht", sprach Biesenbach, „was ihr, äh wir, zusammengetragen haben. Keine wirklichen handfesten Spuren. Die gelieferten Hin-weise aus der Nachbarschaft sind zu lasch, als dass wir dafür einen oder gar mehrere Durchsuchungsbefehle bekommen würden."

Schon hatte er einen Bericht aus der Befragung in der Hand, aus dem er vorlas: „Der Nachbar kauft Katzen und Hundefutter, obwohl er nur eine Katze hat. Es kann doch sein, dass er die Alligatoren mit dem Hundefutter versorgt hat. Nein, Tiere habe ich nie gesehen. Ja, er hat ein Fahrrad und auch eine Transportkiste."

Der Hinweis eines Kollegen passt dazu: „Der Mann ist gehbehindert und fast 80 Jahre alt und hat auch eine Karre neben der Mülltonne."

Leichtes Gelächter in der Runde, was Biesenbach gar nicht gefiel. Weitere Bemerkungen dieser Art zeigten, dass er recht hatte und ihn jeder Richter hinauswerfen würde, sollte er mit diesen Argumenten einen Durchsuchungsantrag stellen.

„Sieht so aus, als ob unser Täter nicht aus der direkten Umgebung kommt. Eine Erweiterung der Befragung wurde wieder mal abgelehnt. Typisch. Ein paar Jungs vom Rheinufer zu verjagen, ist bestimmt wichtiger als mein Fall. Also unser Fall mit einem Toten."

Noch gerade so eben konnte er einen Eklat verhindern.

Und weiter: „Die Zusammenfassung aller Hinweise von der Spurensicherung ergaben ebenfalls keine klaren Beweise auf irgendwas oder wen. Die zusammengestellten Daten, hinsichtlich einer Person, passen allein auf dem Gebiet der Befragung auf 70 Personen. Wir wissen doch noch nicht mal, ob der Täter aus dieser Gegend stammt. Und wer ist der zweite Unbekannte? Also der Angler oder Mann im Unterholz, der könnte ebenso der Täter sein. Also Angler, Tierzüchter und verantwortungsloser Täter. Welche Beschreibung passt überhaupt auf wen oder den?"

PHK Biesenbach hatte sich leicht in Rage geredet und an der Ruhe der anderen merkte er, dass er wieder herunterkommen musste.

„Nee Leute, so kommen wir nicht weiter. Hat jemand Anregungen, was wir besser machen könnten?"

Fast alle hatten Anregungen, Vorschläge, die jedoch fast alle auf eins hinausliefen: Presse.

„Dann soll es so sein. Die dumme Polizei bittet die schlaue Presse um Mithilfe, den Täter zu finden. Wer übernimmt diese Aufgabe?", und nachdem sich nicht innerhalb einer Minute jemand gemeldet hatte, delegierte er diese Aufgabe der jungen Kriminalbeamtin zu.

Natürlich, wen sonst. Doch das war für sie ok., so war sie vorerst aus dem Schussfeld von diesem Menschen. Das Wort Kollege kam ihr mehr schwer über die Lippen. Mit der örtlichen Presse würde sie beginnen, um dann die Düsseldorfer Presse einzubinden.

„Wir werden die infrage kommenden Personen ins Revier holen. Stellen ihnen ein Glas Wasser oder eine Tasse Kaffee hin, sammeln die Gläser oder Tassen ein und ab ins Labor damit. So bekommen wir auf dem kleinen Dienstweg unsere DNA-Proben."

Die anwesenden Beamten schauten Biesenbach an, als hätte er gerade den Weltuntergang prognostiziert. Hauptkommissar Weil stand ganz langsam auf. Mit jedem Zentimeter, den er aufstand, wuchs seine Wut. Als er endlich stand, sagte er laut, aber bestimmt: „In diesem Polizeirevier wurde noch nie gegen Recht verstoßen. Und solange ich in diesem Haus das Sagen habe, wird das auch so bleiben. Deshalb verbiete ich meinen Kollegen so zu handeln, wie Sie es einfordern, Herr Biesenbach. Als Kollege möchte und werde ich Sie nicht mehr bezeichnen. Dafür werde ich aber Ihren Vorgesetzten darüber informieren, dass Sie Beamte zu einer Straftat anzetteln, ja fast nötigen wollten." Und zu den

Kollegen gewandt: „Die Sitzung ist für heute beendet. Wie wir weitermachen, werde ich allein mit Herrn Hauptkommissar Biesenbach besprechen. Danach werde *ich* Euch informieren, wie es weitergeht."

Fast geduckt, aber gehorchend, verließen die drei Beamten den Versammlungsraum.

„Wo haben Sie diese kriminelle Energie her? Zu meiner Zeit hat man das in der Polizeischule nicht gelernt. Ich denke, Sie werden um ein Disziplinarverfahren nicht herumkommen."

Biesenbach wusste nicht, wie er sich jetzt verhalten sollte. Er konnte alles gebrauchen, aber kein Disziplinarverfahren. Schon deshalb nicht, weil er bei seinen Vorgesetzten seit Längerem im Visier stand, wegen früherer „Unregelmäßigkeiten", oder seine Kompetenz überschritten hatte. Doch so einfach dem Vorstadtkollegen das Feld überlassen, das wollte er auch nicht. Was tun?

„Da haben Sie etwas missverstanden? Natürlich hätte ich im Vorfeld eine Genehmigung eingeholt, um die DNA abgreifen zu dürfen. Das habe ich nur vergessen zu erwähnen, und bitte Sie und Ihre Kollegen und die Kollegin um Entschuldigung, wenn ich den Eindruck einer illegalen Handlung erzeugte. Es ist ja nur eine

Formsache, einen Antrag bei der Staatsanwaltschaft zu stellen, außerdem könnten wir die Zeugen auch fragen, ob sie ein DNA-Test erlauben, dann benötigen wir noch nicht mal eine Erlaubnis von oben."

Weil gab sich mit dieser lapidaren Antwort nicht zufrieden. So einfach ließ er seinen Kollegen aus Düsseldorf nicht aus der Verantwortung, für das eben geäußerte. Er war sich sicher, dass der den Vorgang genauso vorhatte.

Hauptkommissar Biesenbach bemerkte das und sagte deshalb noch: „Ich habe zurzeit wirklich viel um die Ohren, ich denke, das geht allen so. Deshalb würde ich versuchen, ob ich die Leitung dieses Falls nicht an Sie übergeben könnte. Natürlich nur, wenn Sie damit einverstanden wären."

Weil beobachtete Biesenbach und Biesenbach Weil. Wie zwei Boxer, die noch nicht wissen, wie der Kampf ausgehen wird, beäugten sie sich.

Beide wussten, dass man sich nicht so einfach aus einem Fall „abmelden" kann. Fälle werden gelöst oder sie werden ein „Cold Case", ein ungelöster Fall. Doch soweit war dieser Vorgang noch nicht. Es gab DNA Spuren, die Haarprobe, Spuren vom Tatort am See, Hinweise aus der Bevölkerung, die Möglichkeit infrage kommende Personen zu verhören und vieles mehr, was noch nicht erledigt war. Ein Ende der Untersuchung also noch nicht abzusehen.

Beide wussten, dass ein weiteres Zusammenarbeiten sich als schwierig gestalten würde.

„Sie können natürlich versuchen, sich aus dem Fall abzumelden. Meinen Segen haben Sie. Je schneller, desto besser. Wir kommen hier auch ohne Sie klar, gerufen hatten wir Sie ohnehin nicht. Ich glaube aber nicht, dass die Herren in Düsseldorf den Fall einem Vorortkommissar allein überlassen. Das geht auch organisatorisch nicht. Vielleicht reicht es ja, wenn Sie sich ein wenig zurückhalten."

Sollte Biesenbach diesmal an den „Richtigen" geraten sein?

Sollte er dem Vorschlag zustimmen, würde er nur auf dem Papier der Leiter dieser Sonderkommission sein. Ein Zustand, den er überhaupt nicht mag. Jemanden, der ihm reinredet, der ihm sagt, wo es lang geht. Biesenbach entschloss sich, dem Vorschlag von Polizeihauptkommissar Weil zuzustimmen. Natürlich nur mit dem Gedanken, insgeheim die weiteren Ermittlungen dann doch zu steuern. Die Zeit wird es zeigen und eins ist auch klar, die

Lösung des Falls muss und steht im Vordergrund. Da dürfen Unstimmigkeiten unter Kollegen keine Rolle spielen.

Der Aufruf an die Bürger von Ratingen und Umgebung durch die Medien hatte Erfolg. Ein Ehepaar aus der „Grachten Siedlung" hatte sich gemeldet und wichtige Hinweise auf einen möglichen Täter geäußert. Dabei handelte es sich um einen Mann, der exotische Tiere hielt und oft sehr früh morgens mit einer Karre wegfuhr. Eine Angel hatte er bei seinen Ausflügen auch immer dabei. Sie vermuteten, dass er an den See fuhr, um zu angeln.

Die Polizei ging den Hinweisen nach, obwohl schon viele solcher Informationen ins Leere liefen. Doch diesmal schien es eine „heiße" Spur zu sein. Sie luden den Mann zum Verhör in die Polizeidienststelle ein und schon nach den ersten Fragen schien klar, dass es sich tatsächlich um den gesuchten Mann handelte. Er gab zu, an der Stelle am „Silbersee" zu angeln, an dem die Krokodile ausgesetzt wurden. Doch mit dem Aussetzen von den Tieren hätte er nichts zu tun. Auf die Frage, ob sie seine DNA überprüfen dürften, antwortete er mit Ja, da er ja nichts zu verbergen hätte. Außer, dass er keinen Angelschein hätte und deshalb immer spät abends oder sehr früh morgens am See angelte. Seine Lieblingsstelle hätte er durch Zufall entdeckt, als er einmal seine Anglertasche vom Arm verlor und die dann den Hang hinuntergerutscht war. Seitdem angelte er dort. Als er das letzte Mal dort war, sah er, dass noch jemand anders diesen Platz gefunden hatte. Das hätte ihn aber nicht gestört, es gab genug Fische im See.

„Warum haben Sie sich nicht gemeldet, als Sie den ersten Aufruf mitbekamen, dass wir Zeugen suchen, die uns bei der Aufklärung helfen können?"

„Ich sagte Ihnen ja, ich habe keinen Angelschein und hatte Angst vor einer Strafe."

„Wir haben den Hinweis erhalten, dass Sie exotische Tiere züchten. Wie sieht es damit aus?"

„Ja, das tue ich. Auch deshalb hatte ich Angst, mich zu melden. Sie könnten ja annehmen, dass ich es war, der die beiden Alligatoren ausgesetzt hat."

„Und haben Sie?"

„Nein, um Gottes willen, nein. Ich züchte nur kleine Eidechsen. Also Blindschleichen, Smaragdeidechsen und weitere Arten, die alle nicht unter Artenschutz fallen. Ich habe Ihnen auch meine Bescheinigung mitgebracht, wo nachgewiesen ist, dass alles legal gekauft oder legal gehandelt wird. Die Echsen werden beim Verkauf gut bezahlt und ich habe dadurch eine Aufstockung meiner Erwerbslosenrente. Meine Frau geht zwar noch arbeiten, aber in der Pflege verdient man nicht so viel. Ich war lange Jahre auch dort beschäftigt, aber dann ging das nicht mehr und ..."

Der Beamte stoppte seine weiteren Ausführungen, indem er sagte: „Ja, das glaube ich Ihnen. Können wir uns ihre Züchtung mal ansehen?", dabei nahm er die Bescheinigung und las sie gewissenhaft durch. Die schien in Ordnung zu sein, vorausgesetzt, die aufgeführten Arten stimmten mit denen überein, die er im Keller hatte.

Schon zwei Tage später waren ein Beamter und ein Mitarbeiter vom Aquazoo in dem Haus des Mannes. Im Keller waren alle aufgeführten Tiere in entsprechenden Käfigen und Terrarien untergebracht. Von den gezüchteten Fischen stand nichts in den Papieren. Bei näher Betrachtung stellte der Zoologe fest, dass auch Piranhas in einem der Aquarien waren.

„Bei den Fischen bedarf es keine Genehmigung, die kann man so züchten", kam es wie aus der Pistole geschossen von dem Mann.

„Ja, ich weiß, die werden sogar bei Ebay verkauft. Ihr Aquarium ist gerade noch groß genug. Ich bitte Sie aber darum, nicht noch mehr in dem Becken zu halten. Artgerechte Haltung, Sie verstehen?"

„Ja, die sind eigentlich auch schon verkauft. Aber nicht über den Internethandel. Wir, also die Züchter in unserem Verein, verkaufen an andere Züchter."

„Und die verkaufen die dann doch über Ebay und so weiter und so weiter", und nach einer Pause, „aber deshalb sind wir nicht hier. Ich stelle fest, dass hier keine Krokodile gehalten werden und auch nicht gehalten wurden, dafür ist einfach zu wenig Platz. Oder haben Sie weitere Räume, um Tiere zu halten?"

„Nein, da würde mich meine Frau aus dem Haus werfen", und um seine Worte zu unterstreichen, fügte er hinzu: „Samt Tieren."

Danach war die Begehung beendet, mit dem Ergebnis, dass der Mann zwar unerlaubt geangelt hatte, aber als „Alligatorenentsorger" ausscheidet. Da es keine weiteren Hinweise gab, die verfolgt werden sollten, beschloss Hauptkommissar Weil, nicht weiter in dieser Richtung zu ermitteln. Unerlaubtes Angeln fällt nicht sein Ressort und leitete den Vorgang an seine Kollegen vom Ordnungsamt weiter.

PHK Weil berief eine Sitzung ein und erklärte, wie sie nun weiter vorgehen sollten. Personenbefragung, eingegrenzt auf die, die eine Ähnlichkeit mit den Hinweisen der Spurensicherung hatten. Dabei die freiwillige DNA Abgabe und weitere Recherchen bei den Tierverbänden. Biesenbach war anwesend und stimmte der Vorgehensweise zu. Mit einem Lächeln nahm Weil das zur Kenntnis.

Elvira hatte Sascha mitgeteilt, dass sie Abendessen von der Pizzeria mitbringen würde. Er bräuchte nicht zu kochen, sollte sich aber auf ein schwieriges Gespräch einrichten.

Ohne Überlegungen wusste er, was kommt. Seit Tagen druckste jeder herum, wenn die Sprache auf den See oder auf die entsorgten Tiere kam. Beiden war klar, so kann und darf es nicht weitergehen. Es wäre das Ende ihrer Liebe.

Nach dem Essen, das beide mehr oder weniger schweigend zu sich genommen hatten und als der Tisch abgeräumt war, setzten sie sich ins Wohnzimmer und hatten mal wieder jeder ein Glas Rotwein vor sich.

„Wie du mitbekommen hast, wollte ich mit dir reden", fing Elvira ihr wichtiges Gespräch an.

„Ich glaube auch worüber. Aussetzen der Tiere."

Bevor sie jedoch anfing zu reden, bat sie Sascha, dass er sich neben sie setzen sollte. Sie nahm eine Hand von ihm und erhob ihr Glas. Sascha tat es ihr gleich.

„Egal was kommt, wir werden es gemeinsam durchstehen. Ich liebe dich,

Sascha."

„Ich liebe dich auch, mehr als mein Leben."

Sie stießen miteinander an, tranken einen Schluck des köstlichen Weins und küssten sich danach sehr zärtlich. Elvira hatte bewusst diese Atmosphäre der innigen Nähe geschaffen, um ihm zu zeigen, ich bin bei dir.

„Also, wie du weißt, war ich bei Jochen, Jochen Maaßen. Ich habe ihm alles erzählt, auch wenn ich weiß, dass du ihm nicht traust. Wir haben aber keine andere Chance zu erfahren, was auf uns zukommen könnte, wenn Jochen nicht alle Informationen bekommen würde. Ich denke, dass er der Richtige ist, unser Problem zu analysieren."

Sascha hörte ihr aufmerksam zu, legte aber seine Abneigung gegen den Rechtsverdreher nicht ganz ab.

Sukzessiv erzählte Elvira nun, was der Anwalt ihr erklärt und geraten hatte. Dabei ließ sie nichts aus. Den §, den der Anwalt als Grundlage der Strafe aufgeführt hatte, hatte sie sich aus dem Internet ausgedruckt. Sie sah hier aber auch eine Differenz, in dem, was der Anwalt ihr gesagt hatte und dem, was sie gelesen hatte. Die Schuld am Tod des Anglers ist nicht zwingend die Schuld des Grundverursachers. Besonders, wenn dem Toten eine große Mitschuld trifft. Das war hier mehr als gegeben. Der Angler hatte sich widerrechtlich auf dem Gelände aufgehalten und hatte keine Erlaubnis, nach den Tieren zu jagen. Außerdem hatte er Kenntnis über die Gefährlichkeit, die von diesen Tieren ausgeht. Das hat er bewusst in Kauf genommen, als er sich der Gefahr ausgesetzt hatte. Ohne Zweifel liegt hier eine große Mitschuld des Toten vor.

Sascha und Elvira besprachen, was zu tun wäre.
Es hieß nun abzuwägen, wie sie mit einer gedanklichen Schuld umgehen könnten oder mit einer zu erwartenden Strafe.
Die Kosten, die sie zu tragen hätten, würden ihr ganzes Leben verändern. Doch Elvira meinte, dass dies war zu schaffen wäre. Sie waren sich nicht sicher, ob der Arbeitgeber von Sascha ihn

auch mit diesem Vergehen weiter beschäftigen würde? Auch wenn Sascha ein paar Gerichte eingebracht hatte und sogar welche, die von Gästen besonders geliebt wurden. Der Chef ist jemand, der Fehler verzeihen kann, doch wird er auch einen verantwortungslosen Menschen beschäftigen, der einen anderen Menschen auf dem Gewissen hatte?

Was würden die Gäste sagen, wenn sie erfahren, wen er in der Küche beschäftigt?

Die Tat war in aller Munde und würde auch vor dem Lokal nicht haltmachen.

Diese Überlegungen sprachen gegen eine freiwillige Selbstanzeige von Sascha bei der Polizei.

Bei Elviras Arbeitsstelle sah das ein wenig anders aus. Sie saß abgeschirmt von jedem Publikumsverkehr in der oberen Etage der Bank und hatte durch ihr fundiertes Wissen einen festen Stand in der Abteilung. Außerdem hatte sie in der Bank noch ihren Geburtsnamen. Als sie Sascha geheiratet hatte, hat sie ihren Mädchennamen behalten, da für viele Geschäftskunden es eine zu große Umstellung gewesen wäre. Besonders die ausländischen Kunden taten sich schwer mit Namensänderungen. Im gegenseitigen

Einverständnis, beließ man es bei ihrem Namen, den sie vor der Ehe trug: Lipp. Im Verzeichnis der Bank wurde sie deshalb als Frau Lipp geführt. Ihm Personalbüro natürlich unter ihrem Doppelnamen. Die wenigsten sprachen sie mit Frau Lohmann-Lipp an. Bei vielen war sie „dat Lippchen".

Aus der Sicht der Einkünfte sah sie deshalb keine Schwierigkeit. Dass sie Sascha finanziell unterstützen müsste, war für sie kein Problem. Liebe ist auch mit Brot und Marmelade glücklich. Die drohende Strafe machte ihr da schon mehr Sorgen.

Sie und Sascha wogen am Ende ab, was für und was dagegen sprach, sich zu stellen.

Elvira bat Sascha, er solle ein Stück von ihr wegrutschen und auf den bereitgestellten Zettel aufschreiben, was er für richtig halten würde. Dabei sollte er bedenken, dass es um sie beide gehen würde. Auch sie werde aufschreiben, was sie denkt, was der beste Weg wäre aus ihrer Sicht. Der beste Weg für sie beide.

Jeder achtete darauf, dass der andere nicht sehen konnte, was geschrieben wurde.
Nachdem beide ihre Zettel ausgefüllt hatten, wurden sie leicht gefaltet in eine kleine Schüssel

gelegt. Vorsichtig wie ein rohes Ei hatte Sascha seinen Zettel in die Schüssel gelegt, so als lege er seine Zukunft in die Schale. Das war es ja auch. Eine Schicksalsentscheidung stand an.

„Komm, mein Liebster, wir stoßen noch einmal auf unsere Zukunft an, egal, was da auf uns zukommt."
Sie erhob das Glas und Sascha tat es ihr nach. Ein leichter Klang ertönte, als die beiden Gläser sich berührten. Ein Klang, der sich lieblich anhörte, der sich aber zu einer tragischen Melodie entwickeln könnte. Ein inniger Kuss beendete die Zeremonie auf die Zusammengehörigkeit. Nun stand eine Entscheidung an.

„Mach du die Zettel auf. Ladys First."
Sie nickte ihm zu.
„Eine Antwort kenne ich ja schon" und nahm den Zettel von Sascha aus der Schüssel. Oder war es doch ihrer?
Sie faltete ihn auseinander und las laut vor, was darauf stand: „Nicht stellen."
Es war der Zettel von Sascha und ihr war klar, dass sie sich nicht stellen würden.
Sascha wartete auf die Antwort von dem zweiten Zettel.
Was sie wohl auf dem Zettel geschrieben hat?

„Auf meinem Zettel steht das Gleiche, mein Liebster", und Elvira gab ihm den gefalteten Zettel.

Ohne den Zettel zu öffnen, rutschte Sascha sofort an seine Elvira wieder heran, umarmte und küsste sie.

„Dann stehen wir das gemeinsam durch. Ich danke dir, dass du zu mir hältst."

Danach ging er in die Küche und holte eine neue Flasche Wein.

Elvira nahm die Zettel und zerriss sie. Sie hatte gehofft, nein gewusst, dass er sie auffordern würde, die Zettel zu öffnen. Sie hatte seinen Zettel als Ersten vorgelesen, weil sie seine Entscheidung als ihre ansah und mittragen wollte, egal, wie sie aussah.

Rund um den See wurde es wieder ruhig. Die gewohnte Stille war zurückgekommen, die Herbert und Michaela an ihrem alten Lieblingsplatz genossen.

Sie hörten nicht das leise Brechen und Aufknacken von Eierschalen.

Email: mschg55@gmail.com
https://mschg55.wixsite.com/meine website
https://facebook.com/michael.scho nberg.98
https://www.bod.de/buchshop/mich ael.schoenberg

Michael Schönberg wurde 1955 in Düsseldorf geboren. Schon von klein auf erzählte er Geschichten und unterhielt die ganze Familie Maschinenbaumeister, Produktionsmeister und Logistikleiter, konnte und musste er seine Kreativität einsetzen, um Problemlösungen zu entwickeln. Als sich das Ende der beruflichen Karriere abzeichnete, setzte er diese Gabe in Wort und Schrift um. So entstand sein erster Roman »Blond ja. Dumm nein.«

(Als Neuauflage: »Steffy & Yvonne. Zwei Gesichter einer Frau.«)

Veröffentlichungen

2014 »Blond ja. Dumm nein«, ein Liebesroman

2015 »Michaels Kurzgeschichten«

2015 Mitautor bei der Trilogie »Jedes Wort ein Atemzug«

2016 »Für die Liebe ist man nie zu alt«, ein Liebesroman